BÜLBÜLÜ ÖLDÜRMEK

D1730042

Bülbülü Öldürmek
Orijinal Adı: *To Kill a Mockingbird Graphic Novel*
Harper Lee
Uyarlayan ve Çizen: Fred Fordham

Çeviri: Merve Çay
Yayın Yönetmeni: Aslı Tunç
Editör: Mehmet Barış Albayrak
Kapak Uygulama: Çağla Yön
Sayfa Tasarım: Mert Tamer

1. Baskı: Nisan 2021
ISBN: 978-605-173-871-0

Baskı ve Cilt:
Yıldız Mücellit Matbaacılık ve Yayıncılık San. ve Tic. A.Ş.
Maltepe Mah., Gümüşsuyu Cad.,
Dalgıç Çarşısı, No: 3/4
Zeytinburnu/İstanbul
Tel: (212) 613 17 33 Faks: (212) 501 31 17
Sertifika No: 46025

Yayımlayan:
Epsilon Yayınevi Ticaret ve Sanayi A.Ş.
Osmanlı Sok., No: 18/4-5 Taksim/İstanbul
Tel: (212) 252 38 21 Faks: (212) 252 63 98
İnternet Adresi: www.epsilonyayinevi.com
E-posta: epsilon@epsilonyayinevi.com
Sertifika No: 49067

BÜLBÜLÜ ÖLDÜRMEK

HARPER LEE

Uyarlayan ve Çizen:
Fred Fordham

Çeviri:
Merve Çay

epsilon®

"Avukatlar, sanırım, bir zamanlar çocuktu."
                                              — CHARLES LAMB

Ağabeyim Jem kolu dirseğinden
fena şekilde kırıldığında
neredeyse on üç yaşındaydı.

1. KISIM

Kolu iyileştiğinde, bir daha futbol
oynayamayacağına dair tüm korkuları
geçmişti, sakatlığı nadiren aklına
geliyordu.

Maycomb, Alabama
1933

Sol kolu sağına göre bir parça kısaydı; ayaktayken ya da yürürken elinin tersi vücuduna göre dik açıyla duruyor, başparmağı da uyluklarına paralel kalıyordu.

Pas atıp topu havada yakalayabildiği sürece bu umurunda bile değildi.

Yeterince yıl geçtikten sonra geçmişe dönüp bakabildik ve bu kazaya yol açan olaylardan ara sıra söz ettik.

Ben her şeyi Ewell'ların başlattığında ısrar ediyordum ama benden dört yaş büyük olan Jem'in dediğine göre olayların başlangıcı çok daha öncesine dayanıyordu.

Ona göre olaylar, Dill'in geldiği yaz mevsiminde başlıyordu...

Dill'in aklına Öcü Radley'yi evinden çıkarma fikri ilk düştüğü zaman.

Merhaba.

Sana da merhaba.

Benim adım Charles Baker Harris.

Okuma biliyorum.

Ee, n'olmuş?

Düşündüm ki belki okuyabildiğimi bilmek istersiniz.

Olur ya okunması gereken bir şeyiniz varsa ben hallederim.

Kaç yaşındasın sen, dört buçuk falan mı?

Yedi yaşıma basacağım.

Burada sinema yok, tabii adliye binasında İsa ile ilgili ara sıra gösterdikleri filmleri saymazsan.

Hiç güzel bir şeyler izledin mi?

Drakula'yı izledim.

Bu keşif Jem'in Dill'e ufaktan saygı duymasını sağlamış, gözünde onu farklı bir yere koymuştu.

Anlatsana.

Tuhaf bir tipti Dill.

O eski hikâyeyi anlattıkça mavi gözleri bir kararıp bir aydınlanıyordu.

Aniden mutlu bir kahkaha patlattı, alışkanlıkla alnındaki asi saçları çekiştirdi.

Sonunda Drakula'yı toza çevirdiğimizde ve Jem filmin kitaptan daha iyi olduğunu söylediğinde Dill'e babasının nerede olduğunu sordum...

Ondan hiç bahsetmedin.

Babam yok ki.

Öldü mü?

Hayır...

Ee, ölmediyse baban var demek ki, öyle değil mi?

Dill kızardı ve Jem de bana çenemi kapamamı söyledi, bu Dill hakkında düşünüp onu benimsediğini belli eden bir hareketti.

Sonrasında yaz mevsimi her zamanki hoşnutluğunda geçti.

Her zamanki hoşnutluktan kasıt şuydu: arka bahçemizdeki ağaç evi geliştirmek...

...yaygara koparmak...

...Oliver Optic, Victor Applebon ve Edgar Rice Burroughs gibi yazarların eserlerinden uyarladığımız tiyatro oyunlarının listesini gözden geçirmek.

Konu buna gelince, Dill'in bizimle olmasından dolayı şanslıydık. Önceden mecburen bana düşen karakterleri o oynuyordu - Tarzan'daki maymun, Avare Oğlanlar'daki Bay Crabtree ve Tom Swift'teki Bay Damon.

Böylece Dill'i küçük bir sihirbaz gibi görmeye başladık çünkü aklı hep ilginç planlarla, garip isteklerle ve acayip heveslerle dolup taşıyordu.

Ama ağustosun sonuna geldiğimizde repertuarımız tekrar tekrar oynadığımız oyunlar yüzünden yavanlaşmıştı...

...işte tam o zamanlar Dill, aklımıza Öcü Radley'yi evinden çıkarma fikrini soktu.

Radley'lerin evi Dill'in aklını başından almıştı.

Tüm uyarılarımıza ve açıklamalarımıza rağmen, ayın suyu çekmesi gibi ev de Dill'i kendine çekiyordu.

Gerçi köşedeki sokak lambasından ötesine çekememişti, orası da evin kapısından güvenli bir uzaklıkta kalıyordu.

Evin içinde kötü kalpli bir hayalet yaşıyordu.

İnsanlar onun gerçekten de var olduğunu söylü- yordu ama Jem de ben de onu hiç görmemiştik.

İnsanlar onun geceleri, ay ortadan kaybolduğunda dışarı çıktığını ve pencerelerden içeriyi gözetlediğini söylüyorlardı.

İnsanların açelyaları, aniden gelen soğuklarla donduğunda aslında çiçekleri nefesiyle donduran oydu.

13

Kasaba geceleri korkunç bir dizi olayla -insanların tavukları ve ev hayvanları kesilip biçilmişti- dehşete düşürüldüğünde aslında suçlu Deli Addie'ydi ve o da eninde sonunda gitti Barker Girdabı'nda boğuldu ama insanlar Radley Evi'ne gözlerini dikmeye devam ettiler ve ilk kuşkularını bir kenara bırakmaya yanaşmadılar.

Bir zenci gece Radley Evi'nin önünden yürümezdi, karşı kaldırıma geçip ıslık çalarak yoluna devam ederdi.

Maycomb okulunun alanı Radley arazisine arka taraftan komşuydu; Radley'lerin kümesinin üstünden ceviz ağaçları okul bahçesine yemişlerini sallandırırdı ama çocukların hiçbiri cevizlere dokunmaz öylece bırakırdı: Radley cevizleri sizi öldürürdü.

Bir beyzbol topu Radley'lerin bahçesine düşecek olursa, o top kayıp sayılır başka da soru sorulmazdı.

O evin ıstırabı Jem ve ben doğmadan çok öncelerine dayanıyordu. Kasabanın herhangi bir yerinde memnuniyetle karşılanacak Radley'ler, kendi içlerine kapandılar ve bu, Maycomb'da affedilebilir bir tercih değildi.

Civardaki söylentiye göre, Radley oğlanlarından küçüğü delikanlılık zamanlarında Old Sarum'daki Cunningham'larla takılmaya başlamış ve Maycomb'un o zamana kadar gördüğü çeteye en yakın grubu kurmuşlar.

Arthur "Öcü" Radley

Bir gece, içkiden kafaları bir dünyayken, oğlanlar ödünç aldıkları külüstür bir arabayla meydanda geri geri gitmeye başlamış ve Maycomb'un kadim mübaşiri Bay Conner onları tutuklamaya kalktığında da direnip adamı adliye sarayı dışındaki ek müştemilata kilitlemişler.

!*?%!

Oğlanlar veraset hâkiminin önüne çıkarıldıklarında ahlaka aykırı davranışla, huzuru bozmakla, saldırı ve yaralamayla ayrıca kadınların huzurunda küfürlü ve kaba bir dil kullanmakla suçlanmışlar. Yargıç, Bay Conner'a bu son suçu niye eklediğini sorduğunda verdiği cevap şu olmuş:

O kadar yüksek sesle küfrediyorlardı ki eminim Maycomb'daki kadınların hepsi onları duymuştur.

Yargıç, oğlanları eyaletteki zanaat okuluna yollamaya karar vermiş, çoğu zaman oğlanlar, sırf yemek yesinler ve başlarını sokacak düzgün bir barınakları olsun diye bu okula yollanıyormuş: bir hapishane değilmiş, oraya gitmek de bir utanç kaynağı sayılmazmış.

Ama Bay Radley öyle olduğunu düşünmüş.

Yargıç oğlunu serbest bırakırsa, Bay Radley, Arthur'un daha fazla problem çıkarmayacağından emin olduğunu söylemiş. Bay Radley'nin sözüne sadık kalacağını bilen yargıç da seve seve isteğini yerine getirmiş.

Diğer oğlanlar zanaat okuluna gitmişler ve eyalette bulunabilecek en iyi ortaöğrenim eğitimini almışlar.

Radley'lerin evinin kapısı da kapanmış ve Bay Radley'nin oğlu on beş sene boyunca bir daha görülmemiş.

Bay Radley vefat ettiğinde hepimiz Öcü'nün dışarı çıkacağını düşünmüştük.

Ama Öcü'nün ağabeyi Nathan, babasının yerini aldı.

Merak ediyorum da acaba içerde ne yapıyor?

Sanki kafasını kapıdan dışarı uzatıverecekmiş gibi.

Zifiri karanlıkta pekâlâ dışarı çıkıyormuş. Bayan Stephanie Crawford gecenin köründe uyandığı bir gün onu pencereden kendisine dik dik bakarken görmüş.

Başı sanki kurukafa gibiymiş, öylece bakıyormuş.

Pek çok sabah arka bahçede onun bıraktığı izleri görürüm.

Acaba neye benziyor merak ediyorum.

Bıraktığı izlere bakılırsa boyu iki metreye yakın.

Çoğunlukla sincap ya da yakalayabildiği kedileri yiyor. O yüzden elleri hep kanlı – eğer bir hayvanı çiğ çiğ yersen elinden kanını hiç çıkaramazsın.

Geriye birkaç tane sararmış, çürük dişi kaldı ve sürekli salyaları akıyor. Ayrıca yüzü boyunca ilerleyen kocaman bir yarası var.

Hadi onun dışarı çıkmasını sağlayalım.

Canına susadıysan tek yapman gereken gidip kapılarını çalmak.

Sen yapsana. Bahse girerim bahçe kapısının ötesine geçemezsin.

Hayatı boyunca Jem, hiçbir zaman bir iddiayı reddetmemişti.

Bahis, Dill'in *Gri Hayalet* kitabına karşılık Jem'in iki *Tom Swift* kitabını vermesiyle kesinleştirildi.

Jem konu üzerine üç gün boyunca düşündü durdu.

Sanırım onun için onuru, canından daha değerliydi, çünkü Dill onu kolayca yormuştu.

1. Gün

Korkuyorsun.

Korkmuyorum sadece saygılı davranıyorum.

2. Gün

O kadar korkuyorsun ki bahçeye ayağının ucuyla bile basamazsın.

Hiç sanmıyorum. Her gün okula giderken Radley Evi'nin önünden geçiyorum.

Ama hep koşarak.

3. Gün Meridian'daki insanlar kesinlikle Maycomb'dakiler kadar korkak değil.

Hiç bu kadar korkak insan görmemiştim.

Umarım kafana sokmuşsundur Dill Harris, bu adam bizi teker teker öldürecek.

Gözlerini oyup çıkarırken beni suçlamak yok. Unutma, bunu sen başlattın.

Hâlâ korkuyorsun.

Hiçbir şeyden korktuğum yok!

Ben sadece...

Sadece o bizi yakalamadan, evden nasıl dışarı çıkmasını sağlayacağıma dair bir yol bulamadım.

Hem...

Düşünmem gereken küçük bir kız kardeşim var. Ben ölürsem onu hali ne olur?

Bahisten topuklayacak mısın? Eğer öyleyse...

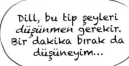

Dill, bu tip şeyleri *düşünmen* gerekir. Bir dakika bırak da düşüneyim...

Kaplumbağanın kabuğundan çıkmasını sağlamak gibi bir şey bu...

Nasıl yani?

Bir kibrit çakıp altına tutarsın.

Eğer Radley'lerin evini ateşe verirsen seni Atticus'a ispiyonlarım.

Kaplumbağanın altına kibrit tutmak iğrenç bir şey.

Kaplumbağalar hissetmez ki, aptal.

Sen hiç kaplumbağa oldun mu, ha?

Üff be, Dill! Bırak da düşüneyim...

Dill bir tavizde bulundu:

Eğer gidip o eve dokunursan, bahisten topukladığını söylemeyeceğim, ayrıca *Gri Hayalet* kitabını da vereceğim.

Eve dokunmak mı, bu kadarcık mı?

Hepsi bu kadar mı, emin misin? Geri döndüğümüz anda lafını değiştirmeni istemiyorum bak.

Evet, hepsi bu kadar.

Muhtemelen seni bahçede gördüğü gibi çıkıp peşine düşecektir, ardından Scout ile ben tepesine binip onu tutarız ve ona zarar vermeyeceğimizi söyleriz.

Hadisene. Scout'la ben arkandayız.

Gidiyorum ya.

Beni aceleye getirme.

Hn!

HUFF HUFF

PAT

HUFF HUFF

HF HFF HUFF HUFF

Sokağın aşağısına baktığımızda bir kepengin hareket ettiğini gördüğümüzü sandık.

Bir ışık.

Küçük, neredeyse görülemez bir hareket.

Ve ev tekrar hareketsizliğe gömüldü.

Hastings Muharebesi'nin her iki tarafında da kayıtlı atalarımızın bulunmaması, Güneyli ailelerimizin bazı üyeleri için bir utanç kaynağıydı.

Elimizdeki tek şey, dindarlığını sadece cimriliğinin aşabildiği Cornwall'dan kürk avcısı eczacı Simon Finch'ti.

Atlantik'ten Philadelphia'ya, oradan Jamaika'ya, oradan Mobile ve Saint Stephens'a kadar yavaş yavaş ilerlemişti.

Simon, öğretmeninin kölelere sahip olma hususundaki hükmünü unutarak, üç köle satın almış ve onların yardımıyla Alabama Nehri kıyısında bir çiftlik evi kurmuştu.

Arazide yaşama geleneği, yirminci yüzyıla kadar, yani babam Atticus Finch hukuk okumak için Montgomery'ye ve küçük erkek kardeşi tıp okumak için Boston'a gidene kadar bozulmadan devam etti. Finch Arazisi denen çiftlik evinde kalan Finch ise kız kardeşleri Alexandra idi.

Biz ise Maycomb'un başlıca konut bölgesinin ana caddesinde yaşıyorduk – Atticus, Jem ve ben, bir de aşçımız Calpurnia.

Calpurnia, Jem doğalı beri bizimle birlikteydi ve ben de uzun zamandır onun aşırı otoriter varlığını hissediyordum.

Annemiz ben iki yaşındayken öldü o yüzden pek de yokluğu-nu hissettim diyemem ama sanırım Jem için durum öyle değildi.

Jem onu net bir şekilde hatırlıyordu ve bazen bir oyunun ortasında uzun uzun iç çeker, sonra kalkıp gider ve araba garajının arkasında tek başına oynardı.

Dill eylül ayının başlarında bizi bırakıp Meridian'a döndü.

Onun yokluğunda çok mutsuzdum ta ki bir hafta içinde okula başlayacağım aklıma gelene kadar.

Kış saatleri beni ağaç evinde bulduğunda, okul bahçesine bakıyor, Jem'in bana verdiği iki kademeli teleskopla çok sayıda çocuğu gözetliyordum...

...oynadıkları oyunları öğreniyor, talihsizliklerine ya da küçük zaferlerine gizlice ortak oluyordum.

Onlara katılma özlemi duyuyordum.

Jem lütfedip okulun ilk günü beni götürmeyi kabul etti.

Okul saatlerinde onu rahatsız etmemem, özel hayatına atıfta bulunarak onu utandırmamam ya da teneffüste ve öğle tatilinde peşine takılmamam gerektiğini izah ederken pek dikkatliydi. İşin özü, onu rahat bırakacaktım.

Yani artık birlikte oynamayacağız mı diyorsun?

Evdeyken eskisi gibi oynayacağız tabii.

Ama göreceksin, okul biraz farklı bir yer.

Gerçekten de öyleydi.

Burada adımın Bayan Caroline Fisher olduğu yazıyor.

Kuzey Alabama'daki Winston ilçesindenim.

Bu yazdıklarım nedir, bilen var mı?

Jean Louise.

A. B. C. D. E.

F. G. H.

Bu kadarı yeterli Jean Louise.

Lütfen babana söyle sana daha fazla şey öğretmesin.

Okumanın bozulmasına sebep olabilir.

Öğretmek mi?

Babam bana hiçbir şey öğretmedi ki Bayan Caroline.

Eğer o öğretmediyse kim öğretti?

Efendim?

Okumaya taze bir akılla başlamak en iyisidir. Babana söyle bundan sonrası beni ilgilendiriyor ve zararı da en aza indirmeye çalışacağım.

Okumayı asla kasten öğrenmemiştim ama bir şekilde günlük gazete sayfalarında kaçak bir şekilde dolanırken buldum kendimi.

Atticus'un kımıldayan parmağının üstündeki satırlar ne zaman kelimelere dönüştü hatırlayamıyorum ama akşamları bu satırları izlerken, Kanunlaştırılacak Yasa Tasarıları, Lorenzo Dow'un Günlükleri gibi günün haberlerini –ya da Atticus'un kucağına yerleştiğimde okuduğu artık her neyse– dinlediğimi hatırlıyorum.

Unutmaktan korkana kadar okumayı hiç sevmemiştim. Kim nefes almayı sevmez ki.

Jean Louise!

Evet, Bayan Caroline?

Nedir o?

Bir mektup, Bayan Caroline. Arkadaşım Dill'e yazıyorum.

Babana söyle, sana bir şeyler öğretip durmayı kessin, Jean Louise!

Birinci sınıfta el yazısı kullanmayız, matbu harflerle yazarız.

El yazısını üçüncü sınıfa kadar öğren-meyeceksin.

ABCD KL

Bunun suçlusu Calpurnia'ydı. Yağmurlu günlerde bana sürekli bir şeyler yazmamı gerektiren görevler vermesi, herhalde onu çileden çıkar-maktan alıkoyuyordu beni.

Şimdi, öğle yemeği için evine gidenler parmak kaldırsın bakalım.

Yemeğini yanında getirenler de sırasının üstüne koysun.

Seninki nerede?

...

Bu sabah öğle yemeğini yanında getirmeyi unuttun mu?

Söyle bakalım, unuttun mu?

Evet, öğretmenim.

Al bakalım bir çeyreklik.

Git çarşıda bir şeyler ye. Borcunu yarın geri verebilirsin.

Aslında unutmamıştı, öğle yemeği yoktu ki unutsun. Bugün de olmayacaktı, yarın da, ondan sonraki gün de.

Almayayım öğretmenim, sağ olun.

Hadi Walter, alsana.

Şey, Bayan Caroline?

28

Ne var Jean Louise?

Bayan Caroline, o bir Cunningham.

O bir ne, Jean Louise?

Walter, Cunningham'lardandır, Bayan Caroline.

Anlamıyorum, o ne demek?

Sorun değil hanımefendi, zamanla tüm kasaba halkını tanıyacaksınız.

Cunningham'lar asla geri veremeyecekleri bir şeyi almazlar.

Ne kilisenin yardım sepetlerini ne de tayın karnelerini. Ellerinde avuçlarında ne varsa onunla yetinirler.

Çok bir şeyleri yoktur ama kendi yağlarında kavrulurlar.

Onu utandırıyorsunuz, Bayan Caroline.

Jean Louise sabahtan beri yetti artık.

Her açıdan kötü bir başlangıç yapıyorsun, tatlım.

Elini uzat.

Elime tüküreceğini düşünmüştüm, Maycomb'daki herhangi birinin elini uzatmasının tek bir sebebi vardır, o da sözlü anlaşmaları resmiye dökmektir, burada gelenekselleşmiş bir yöntemdir bu.

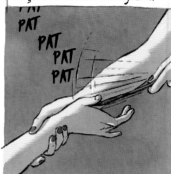

Ama Bayan Caroline cetvelini aldı ve hızlıca yarım düzine kadar küçük fiske attı, sonra da köşede durmamı söyledi.

Bayan Caroline, altıncı sınıflar tüm bu tantana yüzünden piramitlere konsantre olamıyor!

Eğer bir daha bu sınıftan ses geldiğini duyarsam, herkesi yakarım ona göre.

DİNGÇÇ
DİNGÇÇ
DİNGÇÇ
DİNG

Bayan Caroline bana karşı daha dostça davranmış olsaydı, onun için üzülürdüm.

Çünkü güzel, ufak tefek bir şeydi.

Ahh!

Scout, yapma!

Hadi bizimle eve yemeğe gel Walter. Seni ağırlamaktan memnuniyet duyarız.

Hem babamız babanın avukatı.

Bu Scout da delinin tekidir. Seninle bir daha kavga etmeyecek.

Bundan o kadar da emin olmazdım.

Peki Walter, bir daha üstüne atlamayacağım. Tereyağlı fasulye seversin, değil mi?

Bizim Cal çok iyi bir aşçıdır.

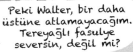

Neyse, sen bilirsin.

Hey, ben de geliyorum.

Burada bir hayalet yaşıyor. Ondan bahsedildiğini hiç duymuş muydun, Walter?

33

Sanırım duymuştum.

Okula geldiğim ilk yıl onların cevizlerinden yemiştim, neredeyse ölüyordum. İnsanlar o cevizleri zehirleyip çitin öte yanından okul bahçesine attığını söylüyor.

Ben bir keresinde evin dibine kadar gitmiştim.

Evin dibine kadar bir kez olsun bile giden, önünden her geçişinde koşmamalı.

Kim koşuyormuş Bayan Ukala?

Tek başınayken koşan sensin.

Evimizin ön basamaklarına vardığımızda Walter bir Cunningham olduğunu unutmuştu. Jem mutfağa koştu ve Calpurnia'dan fazladan bir tabak koymasını istedi, misafirimiz vardı.

Atticus, Walter'ı selamladı ve hemen ardından tarım ürünleri hakkında ne Jem'in ne de benim takip edebildiğimiz bir muhabbet başlattı.

Cunningham ailesiyle ilgili yegâne bildiklerim geçen kış yaşanan olaylara dayanıyordu. Walter'ın babası Atticus'un müşterilerinden biriydi. Bir gece oturma odamızda sıkıcı bir sohbetten sonra, Bay Cunningham ayrılmadan önce şöyle dedi:

Jem'e gidip şartlı anlaşma nedir diye sorduğumda zor duruma düşmenin bir koşulu olduğunu söyledi. Ardından Atticus'a Bay Cunningham'ın bize ödeme yapıp yapamayacağını sordum.

Bir sabah Jem ve ben arka bahçede bir yığın sobalık odun bulduk.

Noel zamanı bir kasa saparna ve çobanpüskülü gelmişti.

O bahar bir çuval dolusu şalgam yeşilliği bulunca Atticus, Bay Cunningham'ın kendisine fazlasıyla ödeme yaptığını söyledi.

Niye böyle ödüyor ki?

Çünkü tek yapabileceği bu. Hiç parası yok.

Biz fakir miyiz Atticus?

Eh, öyleyiz.

Peki, Cunningham'lar kadar fakir miyiz?

Tam öyle denemez. Cunningham'lar çiftçiler ve buhran en çok onları etkiledi.

Şimdi tarlada çalışacak kadar büyük başka biri daha var evde.

Ona da bir kile patatesle mi ödeme yaptınız?

Eğer tüm bunları Bayan Caroline'a açıklayabilseydim yapardım.

Olur mu Jean Louise, bir kile patates o kadar...

Hey!

Gitti tüm yemeğini pekmeze boğdu.

Her tarafına boca etti...

Jean Louise!

Sana iki çift lafım var, mutfağa gel lütfen.

N'oldu Cal?

Bizim gibi yemeyen insanlar olabilir ama öyle değiller diye masada söylenip terslemeyiz.

O çocuk senin misafirin ve masa örtüsünü bile yemek istese, bırakacaksın yiyecek, anladın mı beni?

Misafirim falan değil o, Cal, o sadece bir Cunningham...

Sus bakayım!

Kim olduğunun ne önemi var, bu eve ayak basan herkes senin misafirin, bir daha böyle laflar ettiğini duymayayım, sana mı kaldı milletin neyi nasıl yaptığı, sen sanki bulunmaz Hint kumaşısın da!

Sizin durumunuz Cunningham'lardan daha iyi olabilir ama bu sana onları böyle küçük düşürme hakkı vermez...

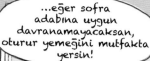

...eğer sofra adabına uygun davranamayacaksan, oturur yemeğini mutfakta yersin!

Hele bir dur sen, Cal! Bir gün sen bakmazken vallahi gidip kendimi Barker Girdabı'na atıp boğacağım!

Jem ve Walter okula benden önce döndüler: Geride kalıp Calpurnia'nın yaptığı alçaklığı Atticus'a anlatmak ve bu konuda tavsiyede bulunmak, Radley Evi'ni geçerken tek başına depar atmaya değerdi.

Zaten Jem'i benden daha çok seviyor.

Jem onu senin yarın kadar üzmüyor ama, hiç bunu hesaba kattın mı?

O olmasa bir gün bile dayanamayız, peki bunu düşündün mü?

Cal'in senin için neler yaptığını bir düşün ve onun sözünü dinle, duydun mu?

Okula döndüm ve Calpurnia'ya nefret kusmaya devam ettim ta ki bir çığlık kırgınlıklarımı paramparça edene kadar.

Ay *canlı* bu!

Ne tarafa gitti, Bayan Caroline? Çabuk söyleyin nereye gittiğini!

?

Onu mu kast ediyorsunuz, efendim?

Evet, o canlı.

Sizi korkuttu mu?

Ben yürürken saçından çıktı...

Öylece çıkıverdi...

Aa! Bitten korkmanıza gerek yok efendim.

Daha önce hiç bit görmemiş miydiniz?

Artık korkmayın, masanıza dönün de bize başka şeyler öğretin.

Küçük Chuck Little, bir sonraki yemeğini nereden bulacağını bilmeyen yöre halkının bir başka üyesiydi, ama doğuştan bir beyefendiydi.

Artık üzülmeyin efendim. Bitten korkmaya ne gerek var.

Ben size bir bardak soğuk su getireyim.

Senin adın ne oğlum?

HAYIR HUMUR

Kim, ben mi?

Burris Ewell.

Burada bir Ewell yazıyor ama ilk ismi yazmıyor.

Bana adını heceler misin?

ABD

Nasıl yapacağımı bilmiyorum. Bana evde Burris diyorlar.

Eh, Burris, bence sana öğleden sonrası için izin vermemiz en iyisi.

41

Annesi yok. Babası da kavgacının biridir.

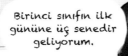

Birinci sınıfın ilk gününe üç senedir geliyorum.

Eğer bu yıl akıllı olursam ikinci sınıfa geçirirler.

Lütfen yerine otur, Burris.

Oturtun da görelim öğretmen hanım.

Bırakın gitsin efendim.

O alçak biridir. Kavga başlatması muhtemeldir, ayrıca burada ufaklıklar da var.

Ayağını denk al, Burris. Seni gördüğüm yerde öldürürüm. Şimdi eve git, hadi.

Burris, eve git. Gitmezsen müdürü çağıracağım. Zaten bunu rapor etmem gerekiyor.

Rapor edersen et be, gününü göreceksin! Bana bir şey yaptıracak, öğretmen denen sümüklü şıllığın teki anasının karnından doğmadı daha.

Sen beni hiçbir yere göndermiyorsun öğretmen hanım. Sakın ola bunu unutma.

Öğretmenin ağladığından
emin olduğunda Burris
ayaklarını sürüye sürüye
çekti gitti.

Çok
kabaydı...

...kalleşlik
etti...

...onun
gibi tiplere
ders verin diye
çağırmadılar
sizi...

...Maycomb
insanları böyle
değildir Bayan Caroline,
gerçekten...

...üzülmeyin
efendim...

Bayan Caroline
neden bize bir hikâye
okumuyorsunuz?

Sabahki kedili
hikâye çok
güzeldi.

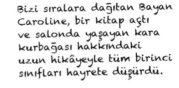

Bizi sıralara dağıtan Bayan
Caroline, bir kitap açtı
ve salonda yaşayan kara
kurbağası hakkındaki
uzun hikâyeyle tüm birinci
sınıfları hayrete düşürdü.

Sağ olun,
canlarım
benim.

Scout, okumaya hazır mısın bakalım?

...

Her şey yolunda mı, Scout?

Atticus, çok iyi hissetmiyorum.

Senin için bir sakıncası yoksa, artık okula gideceğimi sanmıyorum.

Sen hiç okula gitmedin ve bir problemin olmadı, o yüzden ben de evde kalacağım.

Sen de, büyükdedenin sana ve Jack amcaya hocalık yaptığı gibi bana öğretebilirsin.

Hayır, öğretmem. Ben çalışmak zorundayım.

Hem ayrıca, seni evde tutarsam beni hapse atarlar – bu akşam bir doz magnezya sütü içersin, yarın da okula gidersin.

Ben iyiyim, gerçekten.

Ben de öyle düşünmüştüm. Şimdi söyle bakalım, neyin var?

...ve senin bana her şeyi yanlış öğrettiğini söyledi, o yüzden bir daha asla ama asla birlikte bir şeyler okuyamazmışız.

Lütfen beni geri gönderme.

Yavaş yavaş ona günün talihsizliklerini anlattım.

Lütfen.

Bu işin basit bir sırrı var Scout ve onu öğrenebilirsen her türden insanla çok rahat anlaşırsın. Bir insanı, onun bakış açısından bakmadıkça tam olarak anlayamazsın.

Kendini onun yerine koymalı ve onun gibi düşünmelisin.

Bayan Caroline'ın Maycomb'un tüm usullerini bir günde öğrenmesini bekleyemezsin, yol yordam bilmiyor diye onu sorumlu da tutamazsın.

Vay canına – ben de yol yordam bilseydim ona hiçbir şey okumazdım ama o beni bundan dolayı sorumlu tuttu.

Dinle Atticus, okula gitmek zorunda değilim ben! Burris Ewell'ı hatırlasana!

O okula sadece ilk gün gidiyor. Okulu asanları yakalayan hanım Burris yoklamada varsa bunun yeterli olduğunu düşünüyor...

Sen de öyle yapamazsın, Scout.

Bazen özel durumlarda kanunları biraz gevşetmek gerekebilir.

O gitmiyorken ben niye gitmek zorundayım, anlamıyorum.

Ewell'lar üç nesildir Maycomb'un yüz karası sayılıyorlar. Yanlış hatırlamıyorsam hiçbiri hayatlarının bir günü bile dürüstçe bir iş yapmamıştır.

Bak, dinle...

İstedikleri zaman okula gidebilirler.

Onları zorla okulda tutmanın da yolları var ama Ewell'lar gibilerini alışık olmadıkları bir ortama girmeleri için zorlamak aptallık olur.

Yarın okula gitmezsem sen de beni zorlayacak mısın yani?

Şimdilik bu konuyu burada kapatalım.
Siz, Bayan Scout Finch normal halktansınız. Kurallara uymanız gerekir.

Ewell'lar, Ewell'lardan oluşan ayrı bir topluluğun üyeleri.

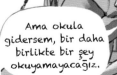

Ama okula gidersem, bir daha birlikte bir şey okuyamayacağız.

Seni asıl rahatsız eden bu, değil mi?

Evet.

Pekâlâ, uzlaşma ne demek biliyor musun?

Kanunları gevşetmek mi?

Hayır, karşılıklı tavizlerle varılan bir anlaşma demek. Okula gitme gerekliliğini kabul edersen, her zamanki gibi geceleri birlikte okumaya devam edeceğiz.

Anlaştık mı?

Atticus o akşam, anlaşılabilir hiçbir sebebi yokken bayrak direğine oturan bir adam hakkındaki yazı sütunlarını ciddiyetle okudu ve bizi gülmekten kırdı geçirdi.

Jem eve geldiğinde çikleti nereden bulduğumu sordu.

Buldum işte.

Öyle bulduğun her şey yenmez, Scout!

Yerde değildi ki, ağacın içindeydi.

Okuldan gelirken yol üstündeki ağaç var ya, onun kovuğundaydı.

Çıkar onu ağzından çabuk!

;TÜÜ;

Öğleden beri çiğneyip duruyorum ve daha ölmedim, hatta hasta gibi hissetmiyorum da.

Oradaki ağaçlara bile dokunmaman gerektiğini bilmiyor musun?

Hadi, hemen gidip ağzını çalkalıyorsun, duydun mu beni?

Yapmıcam işte, çikletin ağzımdaki tadı gider o zaman.

Bak yapmazsan seni Calpurnia'ya söylerim.

Yaza az kalmıştı, Jem ve ben sabırsızlıkla bekliyorduk.

Yaz mevsimi demek arka verandadaki karyolalarda uyumak ya da ağaç evde uykuya dalmaya çalışmak demekti; yaz demek bir sürü güzel yiyecek demekti; kavrulmuş manzarada bin bir renk demekti; ama en önemlisi...

Yaz demek
Dill demekti

Sanırım bizim Dill yarın geliyor.

Büyük olasılıkla bir sonraki gün. Mississippi'de okullar bir gün sonra kapanıyor.

Jem baksana!

Görüyorum, Scout! Görüyorum...

Kızılderili şef paraları, biri 1906, biri de 1900'den. Bunlar acayip eski.

1900 dediğin...

Sus bir dakika, düşünüyorum.

Jem, sence orası birisinin zulası falan mı?

Bizden başka pek insan geçmiyor ordan. Tabii yetişkin biri değilse...

Yetişkinlerin zulası olmaz ki. Sence bunlar bizde mi kalmalı?

49

Bak ne diyeceğim. Okul açılana kadar bunlar bizde kalsın, sonra da herkese onların mı değil mi diye sorarız.

Bunların bir sahibi olduğundan eminim. Baksana nasıl düzgünler.

Belli ki biri biriktiriyormuş.

Bilmiyorum, Scout. Ama bunlar birisi için değerli olmalı.

Niye ki Jem?

Anladım da, o zaman kim niye sakız koysun oraya? Biliyorsun sakız bozulur sonuçta.

Bilirsin işte, Kızılderili şef paraları... şey, onlar Kızılderililerden geliyor. Gerçekten çok güçlü büyülere sahipler ve sana iyi şans getirirler.

Hiç aramıyorken kızarmış tavuk bulmak gibi şeylerden bahsetmiyorum, uzun ömürlü olmak, sağlıklı olmak, altı haftalık testleri geçmekten bahsediyorum.

Bunlar biri için gerçekten değerli. Paraları sandığıma koyacağım.

50

Bu sene babamı gördüm.

Babanızdan daha uzun. Ve böyle sivri bir sakalı var. L&N Demiryolları'nın müdürü.

Makiniste bir süre yardım da ettim.

Külahıma anlat, Dill. Kes artık.

Ee, ne oynayalım?

Tom, Sam ve Dick'e ne dersin?

Dill, Avare Oğlanlar'ı oynamak istiyordu çünkü bu hikâyede üç tane saygın rol vardı. Belli ki bizim karakter adamımız olmaktan bıkmıştı.

Ondan gına geldi.

Bize bir tane uydursana Jem.

Bana da uydurmaktan gına geldi.

...

Ben ölümün kokusunu alıyorum.

Cidden alıyorum.

...

Demek istediğin biri ölmeye yakınken kokusunu alabilmek mi?

Hayır, demek istediğim birini koklayıp ölüp ölmeyeceklerini söyleyebiliyorum. Yaşlı bir kadın öğretti.

Jean... Louise... Finch...

Üç güne kalmayacak, öleceksin.

Dill çeneni kapamazsan pataklarım, çarpık bacaklı seni, valla yaparım.

Hadi ikiniz de kesin artık, Sıcak Buharlara inanıyormuş gibi davranıyorsunuz.

Sen de inanmıyormuş gibi davranıyorsun.

Sıcak Buharlar nedir?

Hiç gece ıssız bir sokakta yürürken sıcak bir yerin yanından geçmedin mi?

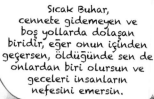

Sıcak Buhar, cennete gidemeyen ve boş yollarda dolaşan biridir; eğer onun içinden geçersen, öldüğünde sen de onlardan biri olursun ve geceleri insanların nefesini emersin.

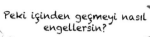

Peki içinden geçmeyi nasıl engellersin?

Engelle-yemezsin.

Bazen ta yolun karşı tarafından sana uzanırlar.

Ama birinin içinden geçmek zorundaysan şöyle dersin:

"Meleğin nuru, ölünün yaşamı; çekil yolumdan, içine çekme nefesimi, ruhumu."

Bu onların senin etrafını sarmalarını engeller...

Dediği tek bir kelimeye bile inanma, Dill.

Calpurnia, bunun zenci uydurması oldu-ğunu söylüyor.

Ee, bir şeyler oynayacak mıyız?

Hadi tekerde yuvarla-nalım.

Benim sığamayacağımı biliyorsun.

Olsun, sen de itersin.

Ayağa kalksana, kalkamıyor musun?

Tekerleği al!

Yanında getirsene! Hiç aklın yok mu ya?

Neden tekerleği de getirmedin?

HUFF
HUFF
HUFF
HUFF

Gidip *sen* alsana o zaman!

Yemin ederim Scout bazen tam bir kız gibi davranıyorsun, acayip utanç verici.

Ne oynayacağımızı buldum.

Ne?

Öcü Radley.

Jem'in düşüncelerini okumak bazen çok kolay oluyordu.

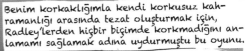

Benim korkaklığımla kendi korkusuz kahramanlığı arasında tezat oluşturmak için, Radley'lerden hiçbir biçimde korkmadığını anlamamı sağlamak adına uydurmuştu bu oyunu.

Scout, sen Bayan Radley olabilirsin...

Yapacaksam söylerim zaten ama...

N'oldu?

Hâlâ korkuyor musun?

Biz uyurken geceleri dışarı çıkabiliyor o...

Scout ne yaptığımızı nereden bilecek ya? Ayrıca hâlâ orda olduğunu sanmıyorum.

Yıllar önce öldü o, cesedini de bacaya tıktılar.

...

Jem rollerimizi dağıttı: Ben Bayan Radley idim ve tek yaptığım dışarı çıkıp verandayı süpürmekti.

Dill ise Bay Radley'yi oynuyordu: Kaldırımda volta atıyor, Jem onunla konuştuğunda öksürüyordu.

Jem haliyle Öcü Radley oldu: Verandanın merdivenlerinin altına girip zaman zaman çığlık atıp uluyordu.

Bu bir şekilde Radley'lerle mi alakalı?

Hayır, efendim.

Umarım değildir.

Jeeem...

Kapa çeneni! Bizi duyabilir.

Sanırım bu oyunu daha fazla oynamamalıyız ha?

Bilmiyorum. Atticus oynayamazsınız demedi...

Jem, bence Atticus zaten biliyor.

Hayır, bilmiyor. Bilse söylerdi.

Gene kız gibi davranıyorsun Scout, sürekli bir şeyler uyduruyorsun. Bu yüzden insanlar kızları sevmiyor.

Peki, sen böyle devam et o zaman.

Yakında anlarsın.

Atticus'un gelmesi oyunu bırakmak istememin ikinci nedeniydi.

Birinci neden de Radley'lerin ön bahçesinde yaşadıklarımdı.

Tüm o baş sallamalar, mide bulantısını bastırmaya çalışmalar ve Jem'in bağırışları arasında, başka bir ses daha duymuştum, o kadar alçaktı ki kaldırımda olsam duyamazdım.

Evin içinde biri gülüyordu.

Dill bir şekilde dert kaynağı haline geliyordu.

O yazın başlarında bana evlenme teklif etmiş, sonra bunu tamamen aklından silmişti. Bana sahip çıkıp malı gibi görüyor, başka hiçbir kızı sevmeyeceğini söylüyor sonra da beni görmezden geliyordu.

Onu iki kere patakladım ama bir işe yaramadı, giderek Jem'le daha da yakınlaştı.

Onların aptalca planlarından bir süre uzak durdum ve kız diye yaftalanmanın acısıyla, o yazdan geriye kalan alacakaranlıkların çoğunu, Bayan Maudie Atkinson'la, onun ön verandasında oturarak geçirdim.

Bayan Maudie dul bir kadındı, çiçek tarhlarında kafasında eski bir hasır şapka, üzerinde de erkek tulumuyla çalışan, bukalemun gibi biriydi, ama saat beş banyosunu yaptı mı verandada görünür ve muazzam güzelliğiyle sokağın tepesinde hüküm sürerdi.

Bayan Maudie ile yaptığımız sözsüz anlaşma sonucunda onun bahçesinde oynayabiliyor, çardakta hoplayıp zıplamadığımız sürece onun üzümlerinden yiyebiliyor ve geniş arka bahçesini keşfe çıkabiliyorduk, koşullar o kadar cömertti ki onunla nadiren konuşur ve ilişkimizin hassas dengesini korumak için çok dikkat ederdik, ama Jem ve Dill davranışlarıyla beni ona yaklaştırdı.

Bayan Maude, sizce Öcü Radley hâlâ hayatta mıdır?

Adı Arthur ve evet, hayatta.

Mimozalarımın kokusunu alıyor musun? Bu akşam meleklerin nefesi gibi kokuyorlar.

Öyle. Peki yaşadığını nereden biliyorsunuz?

Ne kadar korkunç bir soru. Gerçi konu da korkunç.

Hayatta olduğunu biliyorum, Jean Louise çünkü cenazesinin taşındığını daha görmedim.

Belki öldü ve onu bacaya tıktılar.

Böyle bir fikir nereden aklına geldi?

Jem öyle düşündüğünü söylemişti.

Şşşt. Jem de günbegün Jack amcana benziyor.

Arthur Radley evinde kalıyor, hepsi bu. Sen de dışarı çıkmak istemesen evinde kalmaz mısın?

Evet, ama dışarı çıkmak isterim ben. O niye istemiyor ki?

O hikâyeyi sen de benim kadar iyi biliyorsun.

Gerçi neden olduğunu hiç duymadım. Kimse bana anlatmadı nedenini.

60

İhtiyar Bay Radley'nin ayak yıkayan bir Baptist olduğundan haberin vardır. Ayak yıkayanlar, zevk veren her şeyin günah olduğuna inanır. Bazılarının buradan geçtiğini ve hem benim hem de çiçeklerimin cehenneme gideceğini söylediğini biliyor muydun?

Çiçekleri-nizin de mi?

Evet, küçük hanım. Onlar da benimle birlikte yanacaklar-mış.

Ama bu doğru olamaz, Bayan Maudie. Siz tanıdığım en iyi kadınsınız.

Teşekkür ederim, küçük hanım.

Mesele şu ki, ayak yıkayanlar tanım gereği kadınların da günah olduğunu düşünür. Onlar İncil'i kelimesi kelimesine takip eder, biliyorsun.

O yüzden mi Bay Arthur evden çıkmıyor, kadınlardan uzak durmak için mi?

Hiçbir fikrim yok. Sen daha anlayamayacak kadar küçüksün ama bazen bir adamın elindeki İncil, hımm, örneğin babanın elindeki viski şişesinden daha kötüdür.

Atticus viski içmez!

Demek istediğim, Atticus Finch sarhoş olana kadar içse dahi bazı erkeklerin en iyi hallerindeki kadar bile sert olamaz.

Öyle adamlar var ki sadece öteki dünya için endişelenmekle meşgul oldukça, bu dünyada yaşamayı asla öğrenemiyor, sırf sokağa bakıp bunun sonuçlarını görebilirsin.

Sizce doğru mu, Öc... Arthur Radley için söylenenler yani?

Onların dörtte üçü siyahilerin uydurması, geri kalan dörtte biri de Stephanie Crawford'ın başının altından çıkıyor.

Stephanie bir keresinde gecenin köründe uyandığında onun penceresinden içeri dik dik baktığını gördüğünü söylemişti.

Ben de, peki ne yaptın Stephanie, yatağında ona yer mi açtın diye sordum.

Bu onun çenesini bir süre kapadı.

Sizce o deli mi?

Eğer değildiyse bile şimdiye delirmiştir. İnsanların başına neler geldiğini tam olarak anlayamayız.
Kapalı kapılar ardında evlerde neler dönüyor kim bilir, ne gibi sırlar...

Atticus bahçede Jem'e ya da bana yapmadığı bir şeyi evde de yapmaz.

Güzel çocuğum, ben düşüncelerimin düğümünü açmaya çalışıyordum, baban aklımın ucundan bile geçmemişti.

Eve dönerken götürmek için taze kek ister misin?

Çok isterdim.

Ertesi sabah uyandığımda Jem ve Dill'i arka bahçede koyu bir muhabbete dalmış buldum.

Yanımıza gelme, Scout.

Gelicem işte. Bu bahçe, Jem Finch, senin olduğu kadar benim de bahçem.

...

Eğer kalacaksan, biz ne dersek onu yapmak zorundasın.

Bak bak.

Kral mı sanmaya başladın kendini birden?

Eğer dediklerimizi yapmazsan sana hiçbir şey anlatmayız.

Bir gecede boyun eşek kadar oldu sanki! İyi peki peki, söyle bakalım.

Öcü Radley'ye bir not bırakacağız.

İyi de nasıl?

Notu bir oltanın ucuna takıp kepenklerden içeriye uzatacağız. Biri gelecek olursa Dill zili çalacak.

Jem—

Artık sen de buna dahil olduğuna göre çekip gidemezsin, devam etmek zorundasın Bayan Ukala!

Peki ona ne yazdınız?

Kibarca, ondan ara sıra dışarı çıkmasını ve bize evde ne yaptığını anlatmasını istedik...

Delirdiniz mi siz, hepimizi öldürür!

Bu benim fikrim. Bence dışarı çıkıp bizimle oturup muhabbet ederse daha iyi hissedebilir.

Belki kötü hissedecek, nereden biliyorsun?

Sen de yüz yıl boyunca eve kapansaydın ve kedilerden başka yiyecek şeyin olmasaydı, nasıl hissederdin? Bahse girerim ta şuraya kadar sakalı vardır...

Babanınki gibi mi?

Onun sakalı yok, tamam mı, o...

Aha! Yakaladım işte!

Önceden babanın siyah bir sakalı olduğunu söylemiştin...

Senin için fark etmeyecekse, babam sakalını geçen yaz tıraş etti!

Ayrıca bunu kanıtlayacak mektubum da var – bana iki dolar da yollamıştı!

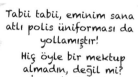

Tabii tabii, eminim sana atlı polis üniforması da yollamıştır!

Hiç öyle bir mektup almadın, değil mi? İşkembeden atıp duruyorsun.

Bir susun ya.

Sizce bu yeterince uzun mudur, kaldırımdan yetişir mi?

Notu oltanın ucundan çıkaramıyorum.

Şu zili çalmayı bırak.

Jem, ne yapıyordunuz?

Hiçbir şey, efendim.

Bunlara karnım tok. Söyle bakalım.

Ben... biz sadece Bay Radley'ye bir mektup vermeye çalışıyorduk.

Şunu bir de ben göreyim.

Niye Bay Radley'nin dışarı çıkmasını istiyorsunuz?

Düşündük de belki bizim arkadaşlığımızdan hoşlanır...

Oğlum sana bir kere söyleyeceğim, bir daha da tekrar etmeyeceğim: O adama eziyet etmeyi bırak.

Bu siz ikiniz için de geçerli.

O evden uzak duracaksınız ve davet edilene kadar yaklaşmayacaksınız. Bu kasabada ya da sokakta oturan biriyle alay etmeyeceksiniz.

Ama biz onunla alay etmiyorduk ya da ona gülmüyorduk, biz sadece...

Demek yaptığınız buydu ha?

Ne, onunla alay etmek mi?

Hayır, mahallenin ahlakı yükselsin diye adamın tüm hayatını ortaya seriyorsunuz.

Öyle bir şey yaptığımızı söylemedim, öyle bir şey demedim!

Bu saçmalığa bir an önce son vereceksiniz, her biriniz.

Babamız, Dill'in son gününde Bayan Rachel'ın balık havuzunun başında gecelememize izin verdi.

Bir fikrim var, hadi bir yürüyüşe çıkalım.

Nereye Dill?

Sokak lambasının oraya kadar gider geliriz.

Ama Atticus dedi ki...

Sen gelmesen de olur, küçük hanım.

*Sam Hill: "Cehennem adına" anlamında kullanılan bir hüsnütabir. Sam'in Salomon (Süleyman) ve yemin anlamına gelen oath'dan, Hill'in hell (cehennem) kelimesinden geldiği düşünülür.

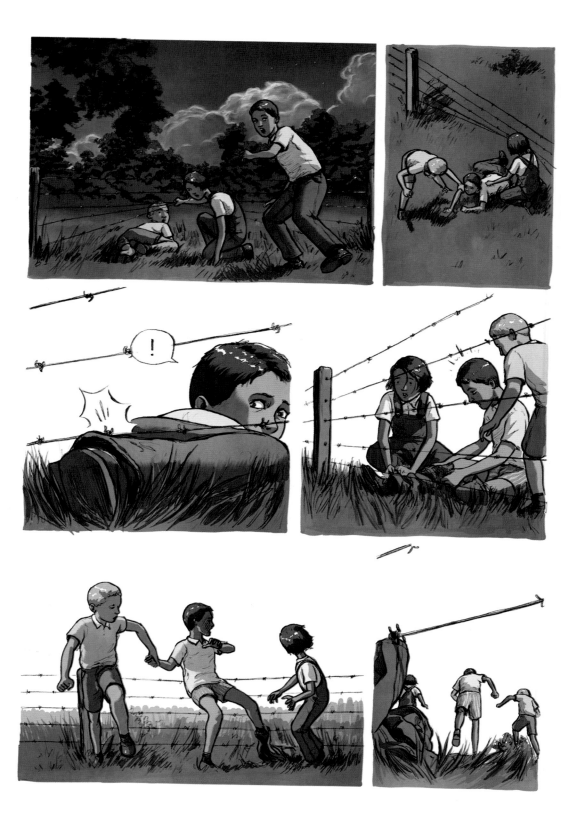

N'oldu Bayan Maudie?

Bay Radley lahana tarlasındaki bir zenciye ateş etmiş.

Aa, vurmuş mu?

Yok, havaya ateş etmiş. Adamı ölümüne korkutmuş ama.

Pantolonun nerede oğlum?

Pantolonum mu?

Evet, pantolonun.

Aa, ben onu oynadığımız oyunda kazandım, Bay Finch.

Kazandın mı? Nasıl?

Balık havuzunun orda soyunmacasına poker oynuyorduk.

Tan-rı aş-kı-na, Dill Harris! Balık havuzumun orada kumar oynamak mı? Öyle bir soyarım ki seni, akla karayı seçersin!

Bir dakika, Bayan Rachel. Böyle bir şey yaptıklarını daha önce hiç duymamıştım. Kartlarla mı oynuyordunuz?

Hayır, efendim sadece kibritlerle.

Jem, Scout bir daha poker oynadığımızı duymayayım. Dill'lerin oraya gidin de pantolonunu al Jem.

Merak etme Dill, teyzen sana bir şey yapmaz, babam onu sakinleştirecektir.

Yalnız oğlum, o ne hızlı düşünmekti öyle.

Dill rahatlamıştı ama Jem ve ben diken üstündeydik. Jem'in sabah göstermesi gereken bir pantolon vardı.

Dill kendi pantolonlarından birini vermeyi teklif etti ama Jem alamayacağını söyledi.

Vedalaştık ve Dill evine döndü.

Sonunda benimle nişanlı olduğunu hatırladı ve geri dönüp Jem'in önünde beni yanağımdan öptü.

-Müch-

Bana yazın, tamam mı?

ALABAMA

Uyusana seni gidi küçük, üç gözlü kız.*

Delirdin mi?

Ben pantolonu almaya gideceğim.

Hayır, gidemezsin. İzin vermiyorum.

Gitmem lazım.

Bak şu kapıdan çıktığın gibi Atticus'u uyandırırım.

Nathan Radley sabah pantolonu bulacaktır, Jem. Kaybettiğini de biliyor. Evet, Atticus'a pantolonu gösterdiğinde çok fena olacak ama yapacak bir şey yok. Hadi, yatağına yat.

Tam da o yüzden gitmem lazım zaten.

Bak, gittiğine değmez Jem. Dayak acıtır ama geçer. Eğer gidersen kafana sıkarlar.

Lütfen.

Ahh

Ben... Bak, Scout, Atticus kendimi bildim bileli bana bir fiske vurmadı, anlıyor musun?

Ve öyle kalmasını istiyorum.

O zaman ben de seninle geliyorum.

Hayır, gelmiyorsun. Sadece gürültü yapacaksın.

Bu sefer yaptığım itirazların hiçbiri işe yaramamıştı.

*Grimm kardeşlerin yazdığı "Tek gözlü, iki gözlü ve üç gözlü kız kardeşler"in masalına ithafen.

Jem bir hafta boyunca keyifsiz ve suskundu.

Bir gün, öğleden sonra okul arazisinden eve geçerken Jem aniden konuşmaya başladı:

O gece hakkında sana söylemediğim bir şey var.

Bana o gece hakkında hiçbir şey anlatmadın ki...

Atticus'un dediği gibi kendimi Jem'in yerine koymaya ve onun gibi düşünmeye çalıştım: Eğer sabahın ikisinde, tek başıma Radley Evi'ne gitseydim kesin sonraki sabah cenazemi kaldırıyor olurlardı.

Pantolonum için geri döndüğümde çitin orada dürülü duruyordu.

Sanki beni bekliyormuş gibi.

Ayrıca söküğü de dikilmişti. Yani öyle kadın elinden çıkma bir dikiş gibi değil de benim yapabileceğim gibi.

Sanki biri aklımı okumuş gibi...

Hey, şuna bak!

Sakın alma Jem.

Burası birinin zulası. Walter Cunningham gibi birinin. Bak, şimdilik elleşmeyelim, eğer bir iki güne hâlâ oradalarsa alırız, ne dersin?

Haklı olabilirsin.

Dediğin gibi ufaklığın tekinin zulası olabilir – eşyalarını yetişkinlerden saklamak için kullanıyordur belki de.

Üçüncü gün de öyle yerinde görünce Jem onu aldığı gibi cebine attı.

Böylece eve döndük. Ertesi sabah o sicim yumağı bıraktığımız gibi duruyordu.

O günden sonra ağaç kovuğunda bulduğumuz her şeyi kendi malımız bildik: soluklaşmış bir madalya, bir paket çiklet, bir saat ve zincir, ardından ekim ayında bir gün...

Scout...

Bunlar biziz.

81

Hadi Jem, o şeyleri bize kim bırakıyorsa ona bir mektup yazalım.

Peki. Sayın bay...

Erkek olduğu ne malum?

Eminim Bayan Maudie'dir... Uzun süredir o olduğunu düşünüyorum.

Eh, Bayan Maudie çiklet çiğneyemiyor ki...

Ona çiklet ister mi diye sordum, o da sağ olasın ama çiklet *damağıma yapışıyor*, konuşmamı engelliyor dedi.

Çok hoş değil mi?

Evet, bazen hoş şeyler söyleyebiliyor.

Sayın bayım, Bizim için ağaç kovuğuna koyduğunuz şey - yok olmadı, şeyler için çok teşekkür ederiz.

Hürmetlerle, Jeremy Atticus Finch.

koyduğunuz şeyler teşekkür ederiz.
Hürmetlerle,
remy Atticus Finch

Jean Louise Finch (Scout)

Günaydın Jem, Scout.

Nasılsınız Bay Nathan.

Bay Radley?

Bay Radley, şey, o kovuğa çimento mu koydunuz?

Aynen, çimentoyla doldurdum.

Niye öyle bir şey yaptınız, efendim?

Ağaç ölüyordu. Ağaçlar hasta olduğunda çimentoyla doldurursun içlerini.

Atticus, şu ağaca baksana.

Hangi ağaç oğlum?

Şu okuldan döndüğümüz yolun üstünde, Radley'lerin orada, köşedeki.

O ağaç ölüyor mu?

Niye öyle dedin ki, oğlum. Hiç sanmıyorum. Yapraklarına baksana, hepsi de nasıl yeşil, dolu dolu, hem artık kahverengi lekeler de kalmadı.

Yani hiç hastalanmadı mı?

Ağaç senin kadar sağlıklı, Jem.

Maycomb ilçesindeki en deneyimli kâhinlerin bile akıl sır erdiremediği bir biçimde, o yıl sonbaharda kış geldi.

Şuraya bak.

Gördün mü, hiç endişeli gözükmüyor.

Niye o da diğerleri gibi evlerin tepesinde değil.

Çünkü o yaşlandı, boynunu falan kırabilir.

Sıcak çikolata isteyeniniz var mı bakalım?

Size olduğunuz yerde durun demedim mi?

Ama, dediğini yaptık. Durduk...

Öyleyse, o battaniye kimin?

Battaniye mi?

Evet, hanımefendi, battaniye. Bizim değil o.

Atticus, ben... Bilmiyorum, efendim...

Ben de bilmiyorum. Dediklerine harfiyen uyduk, Radley Evi'nin orada bekledik, bir saniye bile oradan ayrılmadık ve Bay Radley'yi Bayan Maudie'nin eşyalarını dışarı taşırken gördük...

Önemli değil, oğlum.

Belli ki Maycomb'un tamamı akşam bir şekilde dışarı çıkmış.

Eviniz için çok
üzgünüz,
Bayan Maudie.

Her zaman
daha ufak bir ev
istemiştim, Jem Finch.
Böylece bahçem
daha genişler.

Açelyalarım için daha
fazla yerim olacak
diye düşün.

Üzülmüyor
musunuz,
Bayan Maudie?

Üzülmek mi çocuğum? Neden
ki, o inek ahırından her
zaman nefret etmişimdir.
Beni içeri atacak olmasalar
şimdiye yüz kere ateşe
vermiştim.

Benim için
üzülmeyin, Jem,
Jean Louise Finch...

Bir şeyleri
yapmanın
bilmediğiniz bir
sürü yolu var.

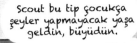

Scout bu tip çocukça şeyler yapmayacak yaşa geldin, büyüdün.

Söyle bakalım sana ne oldu?

Scout?

Sen zencileri mi savunuyorsun Atticus?

Tabii ki savunuyorum.

Ayrıca zenci deme Scout. Bu çok kaba.

Ama herkes öyle diyor okulda.

Bugünden itibaren o herkesten bir kişi eksilecek...

Eh, benim öyle konuşarak büyümemi istemiyorsan neden beni okula yolluyorsun?

Tüm avukatlar ze... siyahileri savunuyor mu?

Tabii ki savunuyorlar, Scout.

O zaman Cecil niye senin siyahileri savunduğunu söyledi öyle? Sanki kaçak içki üretiyormuşsun gibi anlatıyordu.

Ben sadece bir siyahiyi... Tom Robinson'ı savunuyorum.

Kasaba çöplüğünün biraz ilerisindeki küçük bir köyde yaşıyor. Calpurnia'nın gittiği kiliseye gidiyor, Cal de onun ailesini iyi tanıyor.

Scout, bazı şeyleri anlayacak kadar büyümedin daha, ama kasabanın yüksek mercilerindekiler bu adamı savunmaya çalışmamam gerektiğine dair konuşuyormuş.

Savunmaya çalışmaman gerekiyorsa neden savunuyorsun o zaman?

Belli sebepleri var.

Ama en önemlisi, eğer bu adamı savunmazsam kasabada başım yukarda gezemem.

Bu kasabayı bir daha yasama meclisinde temsil edemem, hatta Jem ve sana bir daha bir şeyi yapmayın bile diyemem.

Demek istediğin sen o adamı savunmazsan, Jem'in de benim de sana aldırmayacağımız mı?

Aynen öyle.

Okulda bu konuda çirkin konuşmalar duyabilirsiniz, ama kim ne derse desin, bam telinize basılmasına izin vermeyin.

Atticus, peki kazanacak mıyız?

Bir değişiklik yapıp aklınla dövüşmeyi dene... Her ne kadar öğrenmeye dirense de sağlam bir akıl o.

Hayır, balım.

O zaman neden...

Sırf başlamadan yüz sene önce yenildik diye kazanmaya çalışmamamız için bir sebep yok.

Kuzen Ike Finch gibi konuşuyorsun.

Kuzen Ike Finch, Maycomb ilçesinin hayatta kalan tek Konfederasyon gazisiydi.

Buraya gel, Scout.

Bu sefer daha farklı. Bu sefer Yankilerle değil, kendi dostlarımızla savaşıyoruz.

Ama unutma, olaylar ne kadar kötüleşirse kötüleşsin, onlar bizim dostlarımız ve burası bizim evimiz.

Sözünü geri alacak mısın?

Aldırsana! Bizimkiler babanın yüz karası olduğunu ve o zencinin su tankında asılacağını söylediler.

Hayatımda ilk defa bir kavgaya sırtımı döndüm.

Bir şekilde, Cecil'le kavga etseydim, Atticus' hüsrana uğratacağımı düşünmüştüm. Kendim çok yüce gönüllü hissediyordum ama o yüce gönüllülük ancak üç hafta dayanabildi.

Ardından Noel zamanı geldi ve felakete uğradık.

FINCH'LERİN EVİ

Jem ve ben Noel'i karışık duygularla karşıladık.

İyi tarafı amcamız Jack Finch ve ağaçtı.

Madalyonun öbür yüzündeyse Alexandra halayla Francis'in uzlaşılmaz tarafları ortaya çıkmıştı.

Avukatlar ve yargıçlar gibi dağları takıntı haline getirip benzer gizemli fikirler barındırsaydım eğer, Alexandra halam Everest Dağı olurdu herhalde: Çocukluğum boyunca soğuktu ve hep oradaydı.

Francis benden bir yaş büyüktü, prensip olarak onu görmezden gelirdim: Benim hoşlanmadığım her şeyden keyif alır, masum eğlencelerimi ise iğreti bulurdu.

Rose Aylmer nasıl, Jack amca?

Sana göstereyim.

Giderek şişkolaşıyor.

Bence de. Hastanede artakalan eldir ayaktır ne bulsa yiyor.

Iyy, çok boktan iş.

Ne dedin bakayım sen?

Ona hiç aldırma, Jack. Seni deniyor.

Cal bir haftadır dur durak bilmeden küfrettiğini söyledi.

Yemekte Jack amcadan lanet jambonu uzatmasını isteyince, parmağıyla beni işaret etti.

Yemekten sonra görüşeceğiz küçük hanım.

Bu sözcüklerin doğası gereği çok çekici olmalarının yanında, bu kelimeleri okuldan kaptığım anlaşılırsa Atticus'un beni yollamayacağı gibi karanlık bir fikre kapılmıştım.

Sen, hımm, boktan ya da cehenneme git gibi lafları pek seviyorsun bakıyorum da.

Sanırım.

Ama ben sevmiyorum.

Özellikle de onlarla ilişkili büyük bir kızgınlık ortada yoksa.

Büyüyünce bir hanımefendi olmak istiyorsun, değil mi?

Yoo, pek değil.

Hah.

Annenden çok Atticus gibisin.

Noel sabahı Jem ve ben hemen Jack amcanın bizim için bıraktığı iki uzun kutuya kendimizi adadık.

Evde silah doğrultmak yok!

Onlara nasıl silah kullanılır öğretmen gerekecek.

O senin işin.

Çoktan Francis'i vurmayı düşünmeye başlamıştım ama Atticus en küçük yanlış hareketimizde silahları temelli bizden alacağını söyledi.

Jem büyüdüğünün farkındaydı ve yetişkinlerle takılmak ilgisini çekmeye başlamıştı, bu da kuzenimizi eylemek görevinin bana kalması demekti. Francis sekiz yaşındaydı ve saçlarını arkaya doğru tarıyordu.

Noel'de ne hediye aldın?

Ne istiyorsam onu.

Kısa paça pantolon, kırmızı deriden bir çanta ve kravat.

Hayatımda gördüğüm en sıkıcı çocuktu.

İyiymiş.

Jem ve ben havalı tüfek aldık, Jem ayrıca kimya seti...

Oyuncak herhalde.

103

Yoo, gerçek. Jem bana görünmez mürekkep hazırlayacak ve ben de onunla Dill'e mektup yazacağım.

Niye ki?

Onu çıldırtacaktır da o yüzden.

Francis'le konuştukça yavaş yavaş okyanusun dibine doğru iniyormuşum gibi hissettim.

Noel yemeği de ne kadar güzeldi hatta en iyisiydi.

Büyükannem harika bir aşçı.

Bana da nasıl yemek yapıldığını anlatacak.

Erkekler yemek yapmaz ki.

Büyükannem her erkeğin yemek yapmayı öğrenmesi gerektiğini söylüyor, eşlerine de dikkat etmelilermiş, eğer kendilerini iyi hissetmezlerse onlara bakmalılarmış.

Dill'in bana bakma- sını istemezdim. Ona bakmayı tercih ederim.

Eh, bununla ilgili bir şey söyleme ama yeterince büyüdüğümüz zaman onunla evleneceğiz.

Büyükannemin anlattığı, şu her yaz Bayan Rachel'da kalan bücürden mi bahsediyorsun?

Aynen.

Onunla ilgili her şeyi biliyorum.

Ne biliyorsun ki?

Büyükannem onun bir evi olmadığını, bir akrabadan diğerine gidip durduğunu söylüyor.

Francis, hiç de öyle değil!

Bazen çok aptal olabiliyorsun Jean Louise. Gerçi senin elinde de değil, n'apacaksın.

Ne diyorsun ya?

Büyükannemin dediği gibi, eğer Atticus amca senin it kopukla takılmana izin veriyorsa bu onun problemi, senin elinde olan bir şey yok.

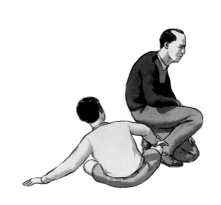

Scout? Hâlâ benden nefret ediyor musun?

Defol!

Balım, insanlara gidip de öyle laflar...

Hiç adil değilsin.

Adil mi? Nasıl yani?

Sen çok iyi bir insansın Jack amca, tüm bu olanlardan sonra bile sanırım seni hâlâ seviyorum ama çocuklardan bir gıdım anladığın yok.

Senin yaptığın gibi davranışlar çok az anlayış gerektiriyor. İnatçılık ve taşkınlık ettin, ayrıca ağzın bozuk...

Bana olanları anlatmam için bir şans verecek misin? Şımarıklık yapmak değil de sadece olanları anlatmaya çalışacağım.

Devam et.

Yani, olanları kendi açımdan anlatma fırsatı bile vermedin bana... Doğrudan üstüme geldin.

Ayrıca çok kızdırılmadığım müddetçe öyle lafları asla kullanmamam gerektiğini söyledin ama Francis beni kızdırdı hem de onu dövecek kadar...

Peki, senin açından ne oldu Scout?

Francis, Atticus'a zenci hayranı dedi.

Tam ne anlama geldiğini bilmiyorum ama söyleyiş tarzı...

Atticus'a öyle mi dedi?

Evet, başka neler neler söyledi, bir bilsen.

107

1935

Atticus çelimsiz biriydi.

Ellilerine merdiven dayamıştı. Jem'le ona niye bu kadar yaşlı olduğunu sorduğumuzda, geç başladığım için demişti.

Jem tam bir futbol delisiydi. Atticus hiçbir zaman topla kovalamaca oynayamayacak kadar yorgun olmazdı ama Jem ne zaman ikili mücadeleye girse, "Bunun için çok yaşlıyım oğlum," derdi.

O hiçbir zaman okuldaki arkadaşlarımızın babalarının yaptığı şeyleri yapmazdı: Ava gitmez, poker oynamaz, balık tutmaz, içki ya da sigara içmezdi. O sadece oturma odasında oturur ve bir şeyler okurdu.

Bu yüzden havalı tüfeklerimizle ilgili temel bilgileri öğretmek Jack amcaya düşmüştü.

Atticus'un silahlara hiç ilgisi yoktu.

Ne dersin, fena değil ha, Atticus?

Yakında kuş vurmaya da başlarsın, oğlum.

Saksağanları vurabilirsin, tabii tutturabilirsen ama bülbülü öldürmek günahtır, unutma.

Atticus'un bir şey yapmanın günah olduğunu söylediğini ilk defa duyuyordum ve daha sonra Bayan Maudie'ye sordum bunu.

Baban haklı.

Bülbüller hiçbir şey yapmasa da bizi keyiflendirecek şarkılar söylerler. İnsanların bahçelerine yemek için dadanmazlar, tarlada yuva yapmazlar, bizler için yürekten şarkı söylemek dışında hiçbir şey yapmazlar.

O yüzden bülbülü öldürmek günahtır.

Bayan Maudie, burası eski bir mahalle, değil mi?

Kasaba yokken bile buradaydı.

Demek istediğim bu caddede oturanlar hep yaşlı.

Elli yaşa çok da yaşlı denemez. Tekerlekli sandalyeye muhtaç değilim sonuçta.

Eğer baban otuzlarında olsaydı, hayat sizin için çok farklı olurdu.

Tabii ki. Atticus hiçbir şey yapamıyor.

Bir bilsen şaşar kalırdın.

Ne yapabiliyor ki?

Öyle sağlam vasiyetler hazırlar ki kimse onlarla uğraşamaz.

Ayrıca kasabanın en iyi satranç oyuncusudur.

Olur mu canım, Jem'le ben onu hep yeniyoruz, Bayan Maudie.

Eh, öğrenmenizin zamanı gelmişti, yeniyorsunuz çünkü o size izin veriyor. Ağız tamburası çalabildiğini biliyor muydun?

Neye bakıyorsun Jem?

Şuradaki yaşlı köpeğe.

Yaşlı Tim Johnson değil mi o?

Evet.

N'apıyor ki?

Bilmiyorum Scout.

Cal'e söyleyeyim.

Cal, bir dakikalığına kaldırıma gelsene.

Niye ki Jem? Her istediğinde kaldırıma gelemem.

Orada yaşlı bir köpek var ama biraz garip.

Aksak aksak yürüyor.

Bay Finch'in ofisini bağlayın hemen!

Bay Finch!

Ben Cal.

Tanrı şahidimdir sokakta kuduz bir köpek var... Bu tarafa geliyor, evet, efendim, o...

Bay Finch bence o...

Şu yaşlı Tim Johnson, evet efendim...

Tamam... Evet...

Radley'lerin telefonu var mı?

Olsa da dışarı çıkmazlar ki Cal.

Ne fark eder, onlara da söylemem lazım.

Siz evde kalın!

Bay Nathan, Bay Arthur kuduz bir köpek geliyor!

Arka taraftan dolaşması gerek.

Artık fark etmez.

İşte orada, Heck.

Hakikaten kapmış, Bay Finch.

İçerde kal oğlum.

Ölmek için bir yer arıyor, şerif.

Ölecek gibi bir hali yok Jem, ölümün kıyısına bile gelmemiş daha.

Menzile girdi, Heck. Onu vurman lazım.

Siz vurun, Bay Finch.

Vakit kaybetme.

Bay Finch, bu tek atışlık bir iş.

Tüm gün seni bekleme-yecek...

Dikilip durmasana, Heck!

Tanrı aşkına, Bay Finch, nerede olduğuna baksanıza! Tutturamazsam doğrudan Radley Evi'ne gider! Ben o kadar iyi hedef vuramıyorum biliyorsunuz!

Otuz yıldır elime silah almadım...

Eğer bunu şimdi siz yaparsanız kendimi çok daha iyi hissedeceğim.

Azıcık sağa
kaydırdınız sanki,
Bay Finch.

Her zamanki
gibi.

Elimde olsa çifteyi
tercih ederdim.

Sonunda gördüm, Tek Kurşun Finch!

Zeebo'ya hayvanı aldırırım.

Pek de paslanmış gözükmüyorsunuz, Bay Finch. Bir kere öğrenince bir daha unutulmaz derler.

Jem, Scout o köpeğin yanına yaklaşmayacaksınız, anladınız mı? Sakın yakınına gitmeyin, ölüsü de dirisi kadar tehlikeli.

Pe... Peki, efendim.

Atticus?

Ne oldu, oğlum?

...

Yok bir şey.

Ne oldu, ufaklık? Yoksa bilmiyor muydun, baban...

Sus, Heck.

Hadi kasabaya dönelim.

118

Ee, Bayan Jean Louise.

Hâlâ babanın elinden bir şey gelmediğini mi düşünüyorsun?

Hayır.

Sana söylemeyi unuttum, ağız tamburasını iyi çalmasının yanında Atticus Finch zamanında Maycomb'un en iyi keskin nişancısıydı.

Keskin nişancı mı?

Bundan hiç bahsetmedi.

Bahsetmedi ha?

Hayır.

Acaba niye hiç ava gitmiyor artık?

Belki ben bunu cevaplayabilirim.

Baban için bir şey denecekse, yürekten uygar bir insan olduğu söylenebilir. Nişancılık ise Tanrı vergisi, yani bir yetenek.

Bundan gurur duyar gibime geliyor.

Aklı başındaki insanlar hiçbir zaman yeteneklerinden gurur duymaz.

Pazartesi okulda anlatacak bir hikâye çıktı bize de. Herkesin babası Maycomb'un en iyi keskin nişancısı değil sonuçta.

Bu konuda tek kelime etme, Scout.

Bence bilmemizi isteseydi, bize söylerdi.

Belki aklına gelmemiştir.

Hayır, Scout. Bu senin anlayamayacağın bir şey.

Atticus gerçekten yaşlı ama hiçbir şey yapamasa da umurumda olmazdı... Tek bir şey bile yapamasa umursamazdım.

Atticus bir centilmen. Tıpkı benim gibi.

Okulda ikinci sınıfa geçtiğimde ve Öcü Radley'ye işkence etmenin modası eskidiğinde, Maycomb'un iş merkezi bizi çektiği için sık sık Bayan Henry Lafayette Dubose'un evinin yanından geçiyorduk.

Jem ve ben ondan nefret ediyorduk. Oradan geçerken verandadaysa, onun öfkeli bakışlarına maruz kalırdık, davranışlarımızla ilgili acımasız sorgulamalara girişilirdi ve büyüdüğümüzde ne olacağımız konusunda melankolik bir tahmin yapılırdı çünkü sonuç çoğu zaman hiçbir şeydi.

Selam Bayan Dubose!

Bana selam falan deme seni çirkin kız! Bana tünaydın Bayan Dubose diyeceksin!

Acımasızın biriydi. Bir gün Jem'in babamıza "Atticus" dediğini duyduğunda sinirinden neredeyse eli ayağı tutmamıştı.

Ona göre annemizden daha tatlı bir insan yaşamamıştı, Atticus Finch'in onun çocuklarını böyle başıboş bıraktığını görmek de kalbini kırıyordu.

Kim bilir kaç akşam Bayan Dubose'un ettiği bir laf yüzünden Jem'i çileden çıkmış bir halde buluyordu Atticus.

Sakin ol, oğlum.

O yaşlı bir kadın, ayrıca hasta. Başını dik tut ve bir centilmen gibi davran. Sana ne söylerse söylesin, seni sinirlendirmemesini sağlamak senin için.

THE MONROE

Jem'in on ikinci doğum gününün ardından cebi para gördüğü için öğlene doğru çarşıya inelim dedik. Jem parasıyla kendisine minyatür bir buhar makinesi, bana da bir baton alabileceğini düşünüyordu.

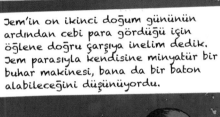

O zamanlar Maycomb Lisesi'nin bandosu için baton çevirmek en büyük tutkumdu.

O üstündeki tulum da ne öyle? Sen, küçük hanım, elbise ve iç gömleği giymelisin! Kimse seni adam etmezse bu gidişle milletin masasını temizleyeceksin.

Hadi gel, Scout.

Onu umursama. Başını dik tut ve bir centilmen gibi davran.

Bir Finch'in masa temizleyeceği yetmezmiş gibi diğeri de adliyede zencileri savunuyor!

Babanın da zencilerden ve uğruna çalıştığı pisliklerden farkı yok!

Ben Atticus hakkında hakaretler duymaya neredeyse alışmıştım. Ama bu hakaretler ilk defa bir yetişkinin ağzından dökülüyordu.

Eve dönerken Bayan Dubose'u veranda da görmedik.

Seneler sonra bile, bazen Jem'i öyle davranmaya neyin ittiğini düşünürüm.

Jem muhtemelen Atticus'un zencileri savunmasıyla ilgili söylenen saçmalıklara benim kadar katlanmıştı ve ben de öfkeye kapılmamasını kanıksamıştım... Doğuştan sakin bir mizacı vardı ve tepesi kolay kolay atmazdı.

Ancak o sırada yaptığı şeyin tek açıklaması, düşünceme göre birkaç dakikalığına kafayı sıyırmasıydı.

Neden yaptın?

Senin zencileri ve pislikleri savunduğunu söyledi.

Bunu dedi diye mi öyle davrandın yani?

Evet, efendim.

Oğlum, dediğin gibi, yaşıtlarının zencileri savunmamdan dolayı seni rahat bırakmadıklarına şüphem yok, ama hasta ve yaşlı bir kadına böyle bir şey yapmak affedilemez.

Aşağı inmeni ve Bayan Dubose ile konuşmanı şiddetle tavsiye ederim.

Sonrasında da hemen eve dön.

Onun başına ne geldiği umurunda değil. Tek yaptığı seni savunmaktı.

Bu konuda tepesi atanın Jem olacağını hiç düşünmemiştim... Hep seninle daha fazla sorun yaşayacağımı sanmıştım.

Ee, oğlum?

Onun için ortalığı temizledim ve üzgün olduğumu söyledim ama değilim.

Atticus, ona kitap okumamı istiyor. Her gün okuldan sonra hatta cumartesileri bile gidip ona kitap okuyacakmışım, hem de iki saat boyunca.

Atticus, yapmak zorunda mıyım?

Kesinlikle.

Ama bir ay boyunca yapacakmışım.

O zaman sen de bir ay boyunca yaparsın.

Atticus kaldırımda durmak neyse de içerisi çok... çok karanlık ve ürkütücü. O gölgeler, tavandan sarkan şeyler falan...

Hayal gücünü cezbeder işte.

Sen de Radley'lerin evindeymişsin gibi düşün.

Bayan Dubose?

Demek şu pis kız kardeşini de yanında getirdin ha?

Kız kardeşim pis falan değil ayrıca sizden korkmuyorum.

Bayan Dubose, iyi misiniz?

İlaç vakti geldi.

Atticus bana iki sarı kalem, Jem'e de bir futbol dergisi getirmişti, sanırım Bayan Dubose'la ilk seansımızın karşılığında verdiği sessiz bir hediyeydi.

Sizi korkuttu mu?

Hayır ama çok iğrenç biri. Bazen nöbet gibi bir şey geçiriyor ve sürekli tükürüyor.

Kadının elinde değil. İnsanlar hastalandığında her zaman iyi gözükemezler.

Beni korkuttu.

Ertesi gün öğlen Bayan Dubose ilk seferki gibiydi, ondan sonraki günde de, sonra giderek bir düzen oluştu.

Her şey normal bir şekilde başlıyordu... Yani Bayan Dubose Jem'i en sevdiği konulardan, işte, kamelyalarından ya da babamın zenci hayranlığına meylinden bahsedip kışkırtıyordu.

Sonra giderek sessizleşiyor ve kafası bizden uzaklara bir yerlere gidiyordu.

Çalar saat çaldığında da Jessie bizi evden kovalıyordu ve günün gerisi bize kalıyordu.

Nöbetleri giderek azaldı ve her açıdan eski haline döndü.

Jeremy Finch sana kamelyalarımı yolduğun için pişman olacağını söylemiştim. Pişmanlık duyuyor musun bakalım?

Kesinlikle duyuyorum.

Benim karyağdı çiçeğimi öldürebileceğini sandın, değil mi? Ama bak, Jessie üstten sürgün vermeye başladığını söyledi. Bir sonraki sefer nasıl adam gibi yapacağını biliyorsundur tabii, değil mi? Köklerinden sökeceksin, değil mi?

Kesinlikle öyle yapacağım.

Karşımda mırıl mırıl konuşma, çocuk! Başını dik tut ve adam gibi, evet hanımefendi de. Gerçi babanın kim olduğu düşünülürse başını dik tutmak pek de içinden gelmiyordur.

Bu kadarı yeter.

İşiniz bitti.

Size iyi günler.

Artık bitmişti. Kendimizi kaldırıma atıp tam bir rahatlamayla hoplayıp zıplayıp bağırdık.

O bahar, güzel bir bahardı: Günler uzuyor, bize oynayacak daha fazla zaman veriyordu.

Jem'in aklı, çoğunlukla her kolej futbolcusunun önemli istatistikleriyle doluydu.

Ben Bayan Dubose'un evine uğrayıp geleceğim.

Çok uzun sürmez.

Bir ayı aşkın bir süredir, önünden geçerken Bayan Dubose'u verandasında görmüyorduk.

Ne istiyormuş?

Öldü, oğlum.

Birkaç dakika önce öldü.

Eh.

İyi.

İyi derken haklısın. Artık acı çekmeyecek.

Uzun zamandır hastaydı. Oğlum, onun nöbetleri neden kaynaklanıyordu bilmiyor musun?

Bayan Dubose morfin bağımlısıydı.

Ağrı kesici olarak yıllardır kullanıyordu. Doktoru yazmıştı.

Hayatının geri kalanını bununla geçirdi ve çok fazla ıstırap çekmeden öldü, gerçi çok aksi biriydi.

Efendim?

Bu dünyadan kimseye ve hiçbir şeye bağımlı kalmadan ayrılacağını söyledi.

Ölmeden önce bağımlılığından kurtulmak istediğinden bahsetti ve bunu yaptı da.

Gerçi benim yaptıklarımı yürekten onaylamıyordu hâlâ ve muhtemelen hayatımın geri kalanını seni hapisten çıkararak geçireceğimi de söyledi.

Jessie'den bu kutuyu senin için tamir etmesini istemiş...

Yaşlı cadı, seni yaşlı cadı!

Neden beni rahat bırakmıyor ki?

Şiişşt.

Her şey yolunda artık Jem, her şey yolunda. Onun bunu söyleme şekli de böyle demek ki.

Biliyorsun o harika bir hanımefendiydi.

Hanımefendi mi? Seninle ilgili ettiği o kadar laftan sonra, hanımefendi mi?

Evet, öyleydi. Bazı şeyler hakkında kendi görüşleri vardı, eh, belki benimkilerden çok farklıydı... Oğlum, zıvanadan çıkmasaydın bile gidip ona kitap okumanı sağlardım.

Gerçek cesaretin ne olduğunu görmeni istedim, eli silahlı bir adam demek, cesaret demek değildir, o fikre kapılmanı istemedim.

Başlamadan önce yenileceğini bilsen bile yine de başlamayı seçip sonuna kadar o yola baş koymaktır cesaret.

Çoğu zaman kazanamazsın ama bazen de tersi olur. Bayan Dubose kırk beş kiloluk vücudunun her gramıyla kazandı. Görüşlerine uygun olarak, kimseye ve hiçbir şeye bağımlı kalmadan öldü.

Tanıdığım en cesur kadındı.

2. Kısım

Sevgili Scout,

Bu mektup eline ulaştığında umarım iyisindir. işte benim artık bir babam var hatta fotoğrafını da ekledim.
O bir ~~dukat~~ avukat tıpkı Atticus gibi.
Ben bu yaz Meridian'da kalacağım çünkü babamla birlikte bir balıkçı teknesi inşa edeceğiz.

Ben çok çok üzgünüm seni bu yaz göremeyeceğim için ama bilmeni isterim seni seviyorum ayrıca sakın endişelenme, yeterince param olduğu gibi geleceğim, seni alıp seninle evleneceğim.

Saygılarımla

Kalıcı bir nişanlım olması, onun yokluğunu çok az telafi ediyordu.

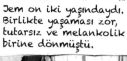

Jem on iki yaşındaydı. Birlikte yaşaması zor, tutarsız ve melankolik birine dönmüştü.

Çok üzüldüm.

Atticus sabırlı davranmamı ve onu mümkün olduğunca az rahatsız etmemi söyledi.

Bir tartışmadan sonra, Jem bana, "Artık bir kız gibi ve düzgünce davranma vaktin geldi," dediğinde gözyaşlarına boğuldum ve Calpurnia'ya kaçtım.

Jem Bey'in dediklerini çok kafana takma.

Jem Bey mi?

Evet, artık Jem Bey oldu olacak.

O kadar büyük değil ki o. Onun canı dayak istiyor ama ben o kadar büyük değilim işte.

Bu yetmezmiş gibi, eyalet meclisi olağanüstü toplantıya çağırıldı ve Atticus iki haftalığına evden uzaklaştı.

Yarın Jem Bey ve sen, benimle birlikte kiliseye gelmek ister misiniz bakalım?

Gerçekten mi?

Nasıl olur?

Sanki Mardi Gras'a gidiyor gibiyiz.

Bütün bunlar ne için, Cal?

Hiç kimsenin ağzına, çocuklara bakamıyor diye laf veremem.

Afrikalı İlk Satınalım M.E. Kilisesi kasaba sınırlarının dışındaki köyde, eski kereste fabrikasının raylarının karşısındaydı.

Maycomb'da çan kulesi ve çanı olan tek kiliseydi, İlk Satınalım diye isimlendirilmesi de özgürlüğüne kavuşan kölelerin ilk kazançlarından elde ettikleriyle inşa edilmesinden geliyordu.

Siyahiler pazar günleri burada ibadet ediyor, beyaz adamlarsa hafta içi burada kumar oynuyordu.

N'aptığını sanıyorsun, Bayan Cal?

Ne istiyorsun, Lula?

Neden zenci kilisesine beyaz velet geliyor, ben bilmek istiyor.

Onlar benim arkadaşlar.

Sesinin tuhaf çıktığını düşünüyordum. Sessizce ve kibirlice konuşuyordu.

Tabii, onlar hafta içi senin Finch evindeki arkadaşlar de mi?

Endişelenmeyin.

Dur bakalım orda, zenci seni.

Onlar kendi kiliseye sahip, biz kendi kilise. Bu bizim kilise, de mi, Bayan Cal?

Tanrı aynı tanrı sonuçta, de mi?

Hadi eve dönelim Cal, belli ki bizi burada istemi...

Bay Jem, sizi burada ağırlamak ne güzel.

Siz Luna'nın kusuruna bakmayın.

Eskiden beri baş belasının tekidir zaten, garip fikirlere sahip ve kurumlu davranmak gibi bir âdeti var.

Bizim bağış için paramız var, Cal. Vermene gerek yok.

Siz benim misafirimsiniz.

Cal, ilahi kitapları nerede?

Bizde ilahi kitabı yoktur.

Nasıl yani?

Şiisst.

Kardeşlerim, bu sabah misafirlerimiz olduğu için ayrı bir mutluluğa sahibiz.

Bay ve Bayan Finch. Hepiniz babalarını tanıyorsunuz.

SEVGİDİR

137

Kardeşimiz Tom Robinson'ın içinde bulunduğu belayı biliyorsunuz.

Küçüklüğünden beri İlk Satınalım'ın sadık üyelerinden biridir.

Bugün ve önümüzdeki üç pazar günü toplanacak bağış paralarının hepsi, evdeki karısı Helen'a yardım amacıyla verilecek.

Bu Tom, o Tom, Atticus'un...

Şiisst!

Müzik şefi bize ilk ilahide yol göstersin.

İki yüz yetmiş üçü okuyacağız.

Irmağın ötesinde var bir ülke.

Ehem.

Irmağın ötesinde var bir ülke, Tatlı sonsuzluk isminde,

Tanrım, hastalardan ve acı çekenlerden inayetini eksik etme.

Rahip Sykes'ın vaazı, bizim kilise usullerimizden farklı bir yöntemi takip etmiyordu: Günahın açık bir şekilde kınanması, sarhoş edici içkilerin, kumarın ve tuhaf kadınların kötülüklerine karşı uyarılar.

Ve yine Kadınların Ahlaksızlığı doktriniyle karşılaşıyordum, belli ki tüm din adamlarının kafasını meşgul eden bir şeydi bu.

Vaazını bitirirken kürsünün önünde bir masanın yanında durdu ve sabah bağışlarının yapılmasını istedi.

Bu yeterli değil, on dolar toplamalıyız.

Hepiniz kim için olduğunu biliyorsunuz... Tom hapisteyken Helen çocuklarını bırakıp da çalışamaz.

Alec, kapıları kapat. On dolar toplanmadan kimse buradan çıkıp gidemez.

Çocuğu olmayan herkesin fedakârlık yapmasını ve on sent daha vermesini istiyorum. O zaman tamamlamış oluruz.

Cal, bizimkileri koyabiliriz.

On sentini versene, Scout.

Özellikle sizi burada ağırladığımız için çok mutluyuz.

Neden Tom Robinson'ın karısı için para topluyordunuz?

Duymadın mı?

Helen'ın üç küçük çocuğu var, gidip çalışamaz...

Neden çocuklarını da yanında götürmüyor, Peder?

Açık konuşmam gerekirse Bayan Jean Louise, Helen bu sıralar iş bulmakta zorlanıyor.

Ne-den...

Katılmamıza izin verdiğiniz için teşekkürler Peder.

Cal, Tom Robinson'ın korkunç bir şey yaptığı için hapiste olduğunu biliyorum ama niye Helen'a kimse iş vermiyor?

Tom'un yaptığı söylenen şeylerden dolayı.

İnsanlar Tom'un ailesiyle bir alakaları olsun istemiyorlar.

Ne yaptı ki, Cal?

Yaşlı Bay Bob Ewell onu kızının ırzına geçmekle suçladı ve tutuklanıp hapse atılmasını sağladı.

Bay Ewell? Okulun her ilk gününde gelip de sonra eve giden Ewell oğlanlarıyla bir ilgisi var mı?

Şey, Atticus onların beş para etmez olduğunu...

Evet, aynen onlar.

Irzına geçmek ne demek, Cal?

Bu, Bay Finch'e sorman gereken bir soru.

Acıktınız mı bakalım? Peder bu sabah biraz uzun tuttu, genelde bu kadar sıkıcı değildir.

Tıpkı bizim vaizimiz gibiydi. Peki neden ilahileri öyle söylüyorsunuz?

Bağış paralarını bir yıl falan biriktirseler ilahi kitapları alabilirler gibi geldi.

Bir işe yaramaz. Okuma bilmiyorlar ki.

Bilmiyorlar mı? Hepsi mi?

Aynen öyle. İlk Satmalım'daki dört kişi falan anca okuma biliyordur... Ben de onlardan biriyim.

Okula nerede gittin, Cal?

Hiç gitmedim ki. Bir bakalım, bana alfabeyi kim öğretmişti?

Evet, Bayan Maudie Atkinson'ın teyzesi yaşlı Bayan Buford'du...

Sen o kadar yaşlı mısın?

Bay Finch'ten bile yaşlıyım hatta. Pek göstermiyorum gerçi.

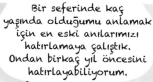

Bir seferinde kaç yaşında olduğumu anlamak için en eski anılarımızı hatırlamaya çalıştık. Ondan birkaç yıl öncesini hatırlayabiliyorum.

Doğum günün ne zaman, Cal?

Noel'de kutlayıveriyorum.

Ama Cal, hakikaten Atticus kadar bile yaşlı göstermiyorsun.

Siyahiler yaşlarını öyle kolay kolay göstermez.

Cal, Zeebo'ya okumayı sen mi öğrettin?

Evet, Jem Bey.

Her gün İncil'in bir sayfasını okuta okuta.

Cal, arada gelip seni görebilir miyim?

Görmek mi, tatlım? Her gün görüşüyoruz ya.

Evinde demek istedim. Bazen işten sonra falan ha? Atticus gelip beni alabilir.

İstediğin zaman gelebilirsin. Seni ağırlamaktan memnuniyet duyarız.

Meftun, tavizsiz ve baston yutmuş gibi duran Alexandra hala sanki ömrünün her günü orada oturuyormuş gibiydi.

Çantamı ön taraftaki yatak odasına koy, Calpurnia.

Jean Louise, kafanı kaşıyıp durma.

Ben çantanı alırım.

Ziyarete mi geldin hala?

Bir süre sizinle kalma zamanımın geldiğine karar verdik babanızla.

Maycomb'da "bir süre" dendiğinde bu üç gün de olabilirdi üç yıl da.

Jem giderek büyüyor, tabii sen de.

Düşündük ki, biraz kadın eli tesiri senin için en iyisi olur.

Jimmy amcayı özlemeyecek misin?

Kelimeler ağzımdan çıktığı gibi bunun kibar bir soru olmadığı kafama dank etti. Alexandra hala da sorumu duymazdan geldi.

Ona söyleyecek başka bir şey düşünemiyordum. Aslında hiçbir zaman ona söyleyecek bir şey düşünememiştim, orada dikilip aramızda geçen eski, acı verici konuşmaları düşündüm durdum...

Nasılsın, Jean Louise?

İyiyim, efendim, siz nasılsınız?

Çok iyiyim, teşekkür ederim. Neler yapıyorsun bir başına?

Hiç.

Hiçbir şey yapmıyor musun?

Hayır.

Arkadaşların vardır herhalde?

Evet, efendim.

Ee, hep beraber ne yapıyorsunuz?

Hiç.

BRRRRRN

Atticus!

Bana kitap getirdin mi? Halam da burada, biliyor muydun?

Evet.

Halanız bana bir iyilik yapıyor, tabii size de. Tüm gün sizinle olamam ayrıca bu yaz da fena sıcak geçecek.

Evet, efendim.

Söylediklerinin tek kelimesini anlamamıştım.

Alexandra halanın Aile İçin En İyisi neyse onu söylemek gibi bir âdeti vardı ve sanırım bizimle yaşamaya gelmesi de bu kategoriye giriyordu.

Türünün sonuncusuydu: Nehir gemisi ve yatılı okul terbiyesini korurdu; herhangi bir ahlaki ders çıksın, hemen onu desteklerdi.

İmkânını buldu mu, başkalarının eksiklerini belirtmekten ve kendi büyük ihtişamımıza işaret etmekten çekinmezdi.

Koroda on altı yaşındaki bir kız kıkırdamayıversin halam hemen, "Eh, kendilerini belli ediyorlar, tüm Penfield kadınları böyle uçarıdır işte," derdi. Görünüşe göre Maycomb'daki herkesin bir Damarı vardı: İçki Damarı, Kumar Damarı, Huysuzluk Damarı, Gariplik Damarı.

Kardeşim, bir an durup düşününce, bizim neslimiz Finch ailesinde kuzenleriyle evlenmeyen ilk nesil. O zaman Finch'lerin de Ensest Damarı var diyebilir misin?

Hayır.

Alexandra hala okula gittiği zamanlarda hiçbir ders kitabında kendinden şüphe duymaya dair bir şey yazmıyordu belli ki, çünkü ne demek olduğunu bilmiyordu bile.

Onun ırsiyet konusuna yönelik meşguliyetini hiçbir zaman anlayamamıştım. Bir şekilde İyi İnsanların sahip oldukları sağduyuyla ellerinden gelenin en iyisini yaptıkları izlenimini edinmiştim ama Alexandra hala, dolaylı bir yolla ifade etse de, bir aile bir araziye ne kadar uzun zaman önce çöreklendiyse o ailenin o kadar iyi olduğunu düşünüyordu.

Bu durumda Ewell'lar iyi insanlar yani.

Sık sık şaşırır kalırdım, Alexandra hala nasıl Atticus'un ve Jack amcanın kardeşi olabiliyordu ki, sonrasında, uzun zaman önce Jem'in adamotlarıyla, değiştirilen bebeklerle ilgili anlattığı, çat pat hatırladığım masallar aklıma gelirdi.

Alexandra hala Maycomb'daki hayata bir eldiven gibi uymuştu.

Ehem.

Bunu nasıl söylesem, bilemiyorum.

Söyleyiver işte. N'oldu, bir şey mi yaptık?

Hayır, sadece doğru düzgün açıklamak istiyorum... Alexandra halanız benden...

Oğlum, sen bir Finch'sin, biliyorsun değil mi?

Bana söylenen buydu.

Atticus sorun nedir?

Anlatmaya çalıştığım şey aslında hayatın gerçekleriyle alakalı.

Biliyorum onları ben.

Halanız benden, senin ve Jean Louise'in birkaç neslin nazik terbiyesinin eseri olduğunuzu anlamanızı sağlamamı istedi...

Adınıza yaraşır bir şekilde yaşamanız gerektiğini de...

Küçük bir hanımefendi ve beyefendi olduğunuzdan artık hanımefendi ve beyefendi gibi davranmanız gerektiğini söylememi istedi.

Sebepsiz yere gözlerim dolmaya başladı ve kendimi daha fazla tutamadım.

Babam böyle biri değildi.

STANFORD-ALABAMA
15 Ocak 1927

Atticus, tüm bu davranış konuları filan bir şey değiştirecek mi? Demek istediğim sen...?

Bu tip konularda hiç endişelenme Scout.

Endişelenme zamanı değil şimdi.

Tüm o şeyleri yapmamızı istiyor musun yani? Finch'lerin yapması gereken şeylerin hepsini hatırlayamam ki ben.

Hatırlamanı istemiyorum.

Boş ver, unut hepsini.

Alexandra halanın Finch ailesi hakkında daha fazla konuştuğunu duymasak da, kasabada çok laf işittik.

Cumartesileri Jem ona eşlik etmeme razı geldiğinde, beş sentimizle silahlanıp terli kaldırım kalabalığının arasından sıyrılıp geçmeye çalışıyorduk ve bazen "işte onun çocukları" ya da "şuradakiler de Finch'lerden" dendiğini duyuyorduk.

Hah!

İpini koparan kırsaldakilerin ırzına geçse kasabayı yönetenlerin umurunda mı sanki.

Bu belli belirsiz gözlem sayesinde Atticus'a sormam gereken bir şey olduğunu hatırladım.

Irza geçmek ne demek?

Irza geçmek, bir kadının rızası olmadan onunla cinsel ilişkiye girmek demektir.

O kadarcıksa Calpurnia'ya sorduğumda neden beni susturdu?

Ne, bir daha söyle?

Kiliseden dönerken Calpurnia'ya sordum, o da sana sormamı söyledi ama unutuverdim işte, o yüzden şimdi sordum.

O pazar hep birlikte Calpurnia'nın kilisesinden mi geliyordunuz?

Evet, bizi yanında götürmüştü.

Ayrıca bana söz verdi, bazen öğlenleri onun evine gidebilirmişim. Atticus, senin için de uygunsa haftaya pazar gideyim diyorum.

Gidemezsin.

Sana soran olmadı.

Halandan özür dile.

Ona sormadım ama, sana sordum...

Önce halandan özür dile.

Özür dilerim hala.

Biraz düşünüp taşındım ve azıcık bile olsa haysiyetimi koruyarak çıkabilmek için yapmam gereken lavaboya gitmekti.

Dönüşte salondan yükselen sesleri duydum, şiddetli bir tartışma sürüyordu, ben de koridorda biraz oyalandım.

...onunla ilgili bir şeyler yapman lazım! O kadar uzun süre başı boş bırakmışsın ki Atticus... Hem de çok uzun bir süre.

Oraya gitmesine izin vermenin bir zararı olacağını sanmıyorum. Cal ona orada da, buradaki gibi bakacaktır.

Atticus, yufka yürekli birisin ve bunda bir sorun yok ama düşünmen gereken bir kızın var. Giderek büyüyen bir kızın.

Ben de onu düşünüyorum zaten.

Çevresinden dolanmana gerek yok.

Er ya da geç bununla yüzleşmen gerek, eh, bu gece bile yapabilirsin. Artık ona ihtiyacımız yok.

Alexandra, Calpurnia kendi isteğiyle gidene kadar bu evde kalacak.

Bu ailenin sadık bir üyesi o ve sen de buranın âdetlerini olduğu gibi kabul etmelisin.

Ama Atticus...

Ayrıca çocukların onun elinde büyümeyi bir gıdım dert ettiklerini sanmıyorum.

Kendi şavkına uygun düşecek bir şekilde büyüttü çocukları ve Cal'in şavkına inancım tam... ayrıca çocuklar da onu seviyor.

Scout, halamızı kızdırmamaya çalış olur mu?

Bana ne yapmam gerektiğini mi söylüyorsun?

Bak...

Babamızın aklı çok dolu bu ara, bir de bizden yana endişelenmesin.

Nasıl yani?

Şu Tom Robinson davası onu çok üzüyor.

Atticus hiçbir şey yüzünden endişelenmez ki. Hem o dava bizi anca haftada bir falan rahatsız ederse eder, o da uzun sürmez zaten.

Sen bir şeyi kafanda uzun süre tutamıyorsun diye sana öyle geliyor.

Yetişkinler için daha farklı...

Çıldırtıcı üstünlük taslaması artık dayanılmaz hale gelmişti.

Yeter be Jem! Sen kendini ne sanıyorsun?

Bak, Scout, ben ciddiyim, halamızı kızdırırsan seni...

Seni döverim.

Bu lafla balatayı sıyırmıştım.

Seni karı kılıklı, seni öldürürüm!

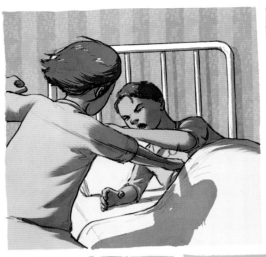

N'oldu artık öyle mağrur mağrur takılamıyorsun!

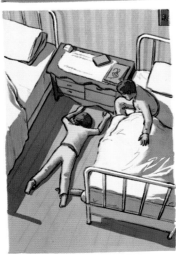

Hey.

Yüce Tanrım!

Ruhumu teslim etmeme az kaldı. Yiyecek bir şey var mı?

...

Sen buraya nasıl geldin?

şey...

Yeni babam pek de Atticus gibi çıkmadı. çünkü beni bodruma zincirledi ve geberip gideyim diye orada bıraktı.

Meridian'daki evlerin bodrumu var.

Şansıma oradan geçen bir çiftçinin parmaklıklardan attığı çiğ tarla bezelyeleri sayesinde hayatta kaldım...

Kendimi kurtarmak için gevşeyene kadar zincirleri çektim durdum.

Bana develeri temizleme işini verdiler, onlarla Mississippi'nin dört bir yanını gezdim ta ki Maycomb'a yaklaştığımızı anlayana kadar. Sonra onlara veda ettim ve işte buradayım.

Hava kararınca da kaçtım oradan, bütün gece yürüdüm ve bir gezici sirke denk geldim.

Buraya nasıl geldin, Dill?

Annemin cüzdanından on üç dolar aldım ve Meridian'dan kalkan dokuz trenine yetiştim.

Senin nerede olduğunu bilmiyorlardır.

Hâlâ Meridian'daki sinemaları teker teker arıyorlardır diye düşünüyorum.

Annene nerede olduğunu söylemen lazım.

Ve böylece, Jem çocukluğumuzun bir kuralını da yıktı.

Atticus...

Atticus, azıcık gelebilir misin?

KLIK

Merak etme Dill. Bir şey bilmeni isterse sana söyler.

Korkmuyorum...

Eminim acıkmışsındır.

Scout, sen bu arkadaşın karnını doyur, döndüğümde neler yapabileceğimize bakarız.

Bay Finch lütfen Rachel teyzeme söylemeyin, beni geri göndermeyin, lütfen efendim! Gönderirseniz gene kaçarım...!

Sakin ol evlat.

Kimsenin seni bir yere gönderdiği yok, yatak dışında tabii.

Sadece gidip Bayan Rachel'a burada olduğunu haber vereceğim ve bu akşam bizde kalıp kalamayacağını soracağım.

Ve tanrı aşkına, kasabanın toprağını kasabaya geri vermelisin, toprak erozyonu yeterince kötü zaten.

Komik olmaya çalışıyor.

Demek istediği banyo yapman gerektiği.

Azıcık kaysana, Scout.

Jem öyle davranmak zorunda olduğunu düşündü Dill.

Ona kızma tamam mı?

Kızmadım. Sadece seninle birlikte uyumak istedim. Uyandırdım mı?

Niye kaçtın?

Gerçekten dediğin kadar iğrenç biri mi?

Hayır.

Hani mektupta yazdığın şu tekneye n'oldu, inşa etmediniz mi?

Öyle söylemişti. Ama başlamadık bile.

Bu kaçmak için bir sebep değil. Yapacaklarını söyledikleri şeylerin yarısını bile yapmıyorlar.

Öyle değildi, o... onlar beni hiç umursamıyorlardı.

Nasıl yani?

Şey, sürekli dışardalardı, eve geldikleri zaman da hep kendilerini bir odaya kapatıyorlardı.

Sana bir şey söyleyeyim mi? Ben de bu gece kaçmayı planlıyordum çünkü hepsi her daim etrafımda. Onları hep yanında istemezsin, Dill.

Konu o değil.

Olay aslında... yani demeye çalıştığım şey şu... bensiz çok daha iyi anlaşıyorlar, onlara bir yardımım dokunmuyor.

Kötü davranmıyorlar. İstediğim her şeyi alıyorlar, o zaman da hadi-istediğini-aldık-git-onunla-oyna, bak-sana-o-kitabı-aldım-git-onu-oku diyorlar. Hayır hayır, kötü davran-mıyorlar.

Scout, gel seninle bir bebeğimiz olsun.

Nasıl yani?

Yaşlı bir adam var, ona sipariş verebiliyormuşsun. Bebekleri bir yerlerdeki sisli bir adadan getiriyormuş.

Gerçi öyle olmuyor. İki kişi birlikte bebek yapıyor. Fakat bir adam daha var... Tüm bebekler onda ve uyanmaları için bekliyor, onlara hayat üflüyor.

Hayalperest kafasında güzel şeyler uçuşuyordu.

Dill gene kopup gitmişti.

Ben bir kitap okurken o iki tane bitirebiliyordu, yıldırım gibi toplama çıkarma yapabiliyordu ama o kendi alacakaranlık dünyasında kalmayı yeğliyordu, bebeklerin uyuduğu ve sabah zambakları gibi toplanmayı bekledikleri dünyasında.

Kendi kendine yavaş yavaş konuşurken uykunun kıyısında dolaşıyor ve beni de yanında götürüyordu.

Ama sisli adasının sessizliğinde gri bir evin hüzünlü, kahverengi kapısının soluk görüntüsü belirdi...

Sence Öcü Radley niye hiç kaçmadı?

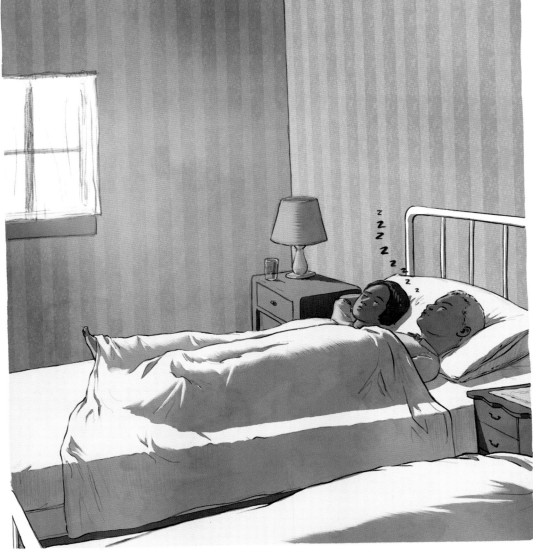

Pek çok telefon konuşması, sanığın bol bol müdafaası ve annesinden gelen bağışlayıcı, upuzun bir mektuptan sonra Dill'in kalmasına karar verildi.

Hep beraber huzurlu bir hafta geçirdik. Sonrasında, o huzurdan geriye çok azı kalmış gibiydi.

Bir kâbus tepemize çöreklenmişti.

Tom'u ilçe hapishanesine götürüyorlar Bay Finch.

Bela arayan biri değilimdir ama belanın bizi bulmayacağı konusunda da garanti veremem.

Gülünç olma, Heck. Burası Maycomb.

Buradakiler dolap çevirecek insanlar değil ama Old Sarum'dakiler beni endişelendiriyor.

O ayaktakımından korkmuyorsun herhalde, değil mi Link?

Sarhoş olduklarında nasıl davrandıklarını biliyorum.

Genelde pazar günü içmiyorlar, günün çoğunu kilisede geçiriyorlar.

Gerçi bu özel bir durum.

En başta niye bu davaya elini attın anlamıyorum.

Bu yüzden her şeyini kaybedebilirsin Atticus, hem de her şeyini.

Link, o çocuk elektrikli sandalyeyi boylayabilir, ama gerçekler konuşulmadan değil.

Gerçeğin ne olduğunu da biliyorsun.

Senin peşindeler, değil mi?

Hayır, oğlum, onlar arkadaşlarımız.

Onlar bir... bir çete değil mi?

Hayır, Maycomb'da serseriler ya da o tip saçmalıklar yok.

Ku Klux bir defasında bazı Katolik-lerin peşine düşmüştü.

Maycomb'da Katolikler olduğunu da duymadım.

Ku Klux da gitti, bir daha hiç geri gelmeyecek.

Scout... Korkuyorum.

Neden korkuyorsun ki?

Atticus için korkuyorum. Biri ona zarar vermek isteyebilir.

Ben bir süreliğine dışarı çıkıyorum. Döndüğümde yatmış olursunuz, şimdiden iyi geceler.

Neden?

Tom'u Maycomb hapishanesine naklediyorlar. En baştan bunu yapsalardı hiç yaygara kopmazdı... Hadi iyi geceler.

Arabayı alıyor.

Babamızın birkaç tuhaf özelliği vardı: Birincisi hiç tatlı yemezdi, ikincisi de yürümeyi severdi.

Ne yapıyorsun?

Azıcık kasabaya ineceğim.

Neden ki? Geç oldu, Jem.

Biliyorum ama fark etmez, yine de gideceğim.

O zaman ben de seninle geliyorum. Olmaz desen de fark etmez, yine de geleceğim, duydun mu?

Tamam, tamam.

Dill de gelmek ister.

O zaman gelsin.

Pisst, Dill.

167

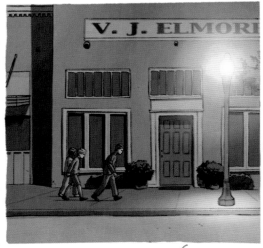

O içerde mi, Bay Finch?

İçerde

Ve uyuyor. Uyandırmayın olur mu?

Ne istediğimizi biliyorsun.

Kapının önünden çekil, Bay Finch.

Dön ve evine git, Walter.

Heck Tate de buralarda bir yerlerde.

Hadi ordan, buralardaymış.

Heck ve tayfası ormanın dibinde ve sabah kadar da dönmeyecekler.

Öyle mi? Neden ki?

Su çulluğu avlamaya çıktılar. Böyle bir şey olacağını düşünmemiştin, değil mi Bay Finch?

Düşünmüştüm ama inanmamıştım.

Eve gidin dedim.

Ben onu götürürüm.

Ona dokunayım deme!

Bu kadarı yeter, Scout!

Kimse Jem'e öyle bir şey yapamaz.

Hadi, Bay Finch, onları buradan uzaklaştırın. On beş saniyeniz var onları götür...

Selam, Bay Cunningham.

Selam, Bay Cunningham. Şartlı satış nasıl gidiyor?

Beni hatırlamadınız mı, Bay Cunningham? Benim, Jean Louise Finch.

Bize zamanında ceviz getirmiştiniz, hatırladınız mı? Atticus'a ödeme yapmak içindi.

Oğlunuz Walter'la da aynı okula gidiyorum.

O sizin oğlunuz, değil mi? Değil mi, efendim?

Hı hı.

172

O iyi bir oğlan. Gerçekten iyi bir oğlan. Zamanında onu bizimle yemek yesin diye eve getirmiştik.

Bir seferinde onu dövmüştüm çünkü onun yüzünden yanlış bir başlangıç yapmıştım ama çok ağırbaşlı davranmıştı. Benden selam söyleyin, olur mu?

...

N'oldu?

Selamını iletirim küçük hanım.

Hadi dağılıyoruz.

Hadi gidiyoruz, çocuklar.

Neden kahvenden içmiyorsun, Scout?

Bay Cunningham senin arkadaşın sanıyordum. Uzun zaman önce bana öyle demiştin.

Hâlâ da öyle.

Ama dün gece sana zarar vermek istiyordu.

Bay Cunningham esasında iyi bir adam. Dün serserilerle beraberdi, ama hâlâ bir insandı.

Bütün küçük Güney kasabalarındaki bütün serseri grupları her zaman insanlardan oluşur, anlıyorsun değil mi... Gerçi bu, o insanlar hakkında çok bir şey anlatmıyor sanırım?

Bence anlatmıyor.

Demek akıllarını başlarına getirmek için sekiz yaşında bir çocuk lazımmış.

Siz çocuklar dün akşam Bay Cunningham'ın kısa süreliğine bile olsa kendini benim yerime koymasını sağladınız. Bu bile yeter.

Walter okula bir gelsin de, geldiği ilk günü son günü olacak.

Ona elleşmeye- ceksin.

İkinizin de bu konuda kin gütmesini istemiyorum, hem de ne olursa olsun.

Görüyorsun değil mi, bak ne işler geldi başımıza. Söylemedi deme.

Demem, emin ol. Önümüzde uzun bir gün var, o yüzden beni maruz görün.

Jem, seni de Scout'u da bugün kasabanın merkezinde görmek istemiyorum, ne olur.

Bay Raymond'un eyerde nasıl durduğunu görmüyor musun?

Daha sabahın sekizi olmamışken nasıl o kadar içebilir ki insan?

Bugün adliye sarayına gidecek misiniz, Bayan Maudie?

Yok, gitmeyeceğim.

Bugün orada bir işim yok.

İzlemek için kasabaya inmeyecek misiniz?

İnmeyeceğim. Zavallı bir zebaninin hayatı için yargılanmasını seyretmek hastalıklı bir şey. Baksanıza insanlara, sanırsın Roma Karnavalı var.

Vay, vay, vay. Baksanıza insanlara ha.

Sanırsın William Jennings Bryan konuşuyor.

Nereye böyle, Stephanie?

Jitney Ormanı'na gidiyorum.

Daha önce Jitney Ormanı'na giderken şapka taktığını hiç görmemiştim, Stephanie.

Eh, arada adliye sarayına da uğrayıp Atticus neler çeviriyormuş diye de bakarım dedim.

Dikkat et de sana bir mahkeme celbi vermesin.

Öğlene kadar bekledik, sonra yemeğe Atticus geldi ve jüri seçimlerinin tüm sabah sürdüğünü söyledi.

Yemekten sonra Dill'e uğradık ve kasabaya indik.

Şenlik varmış
gibiydi.

Jem baksana kese kâğıdından içiyor.

İçindekini nasıl içinde tutuyor acaba?

Bay Raymond mı? Kese kâğıdının içinde ağzına kadar viski dolu bir kola şişesi var. Kadınlar rahatsız olmasın diye öyle içiyor.

Niye siyahilerle oturuyor?

Her zaman öyle. Sanırım onları bizden daha çok seviyor.

Karısı da siyahi, değişik değişik melez çocukları var.

Ayaktakımındanmış gibi görünmüyor.

Değil zaten. Aşağıda, nehir kıyısının bir tarafı tamamen ona ait, ayrıca ailesi de çok köklü bir aile.

O zaman niye böyle yapıyor?

Onun da âdeti bu işte.

Jem, melez çocuk ne demek?

Yarı beyaz yarı siyahi demek.

Siyahiler onları istemez çünkü yarı beyazdır, beyazlar da onları istemez çünkü yarı siyahidir. Şuradaki melez mesela.

Nasıl anladın? Bana siyahi gibi geldi.

Her zaman anlayamıyor insan, kim olduğunu bilmiyorsan tabii.

Peki bizim de siyahi olmadığımız ne belli?

Jack amca gerçek anlamda bilemeyeceğimizi söylüyor.

Finch'lerin soyunun izini sürebildiği kadar sürmüş ve değilmişsiz, öyle söyledi ama Eski Ahit zamanlarında Etiyopya'dan gelmiş de olabilirmişiz.

Eh, Eski Ahit zamanına dayanıyorsa bile, o kadar uzun zaman geçti ki mühim değildir artık.

Ben de öyle düşünmüştüm.

Ama buralarda bir gıdım bile zenci kanı taşısan, seni tamamen zenciden sayıyorlar.

Kalabalık olduğunu biliyorduk ama giriş kattaki kalabalığın boyutunu tahmin edemezdik.

İçeri giremiyor musunuz?

Merhaba Peder. Hiç yer kalmamış.

Acaba benimle balkona gelmek size uyar mı?

Aa, tabii ki!

Siyahilere ayrılan balkon üç duvar boyunca mahkeme salonunu çevreliyordu, tıpkı ikinci kata yapılmış bir veranda gibiydi, oradan her şeyi görebiliyorduk.

Jem, şurada oturanlar Ewell'lar mı?

Şiişşt, Bay Heck Tate tanık kürsüsünde.

...kendi sözlerinizle ifade edin, Bay Tate.

Şey, ben çağırılmıştım...

Jüriye dönerek söyleyebilir misiniz, Bay Tate?

Bob tarafından çağırılmıştım... şuradaki Bay Ewell tarafından. Kasımın yirmi biriydi. Tam eve gitmek için ofisimden çıkıyordum ki Bob...

Bay Ewell içeri girdi.

Çok telaşlıydı hemen evine gitmemizi, zencinin tekinin kızının ırzına geçtiğini söyledi.

Peki sizin bulgularınız ne oldu?

Eve girildiğinde hemen sağda kalan ön taraftaki odada yerde yatar vaziyetteki kızı gördüm.

Fena dayak yemişti.

Kimin onu böyle dövdüğünü sordum, o da Tom Robinson'ın yaptığını söyledi.

Ben de Robinson'ların evine gidip onu alıp geri döndüm. Kız onu teşhis etti ve ben de onu tutukladım. Hepsi bu kadar.

Kıza onu böyle dövenin o olup olmadığını sordum, onun yaptığını söyledi. Kendisinden faydalanıp faydalanmadığını sorduğumda da, faydalandığını söyledi.

Teşekkür ederim.

Sorunuz var mı Atticus?

Evet.

Doktor çağırdın mı Şerif? Ya da doktor çağıran oldu mu?

Hayır, efendim.

Doktor çağırmadın mı?

Çağırmadık, efendim.

Niye?

Gerekli değildi, Bay Finch. Çok fena dayak yemişti. Bir şey olduğu apaçıktı.

Ama doktor çağırmadın? Sen oradayken, doktor için kimseyi yollamadılar mı, doktor bulup getirmediler mi ya da onu bir doktora götürmediler mi?

Hayır, efendim.

Sorunuzu üç kere cevapladı, Atticus.

Sadece emin olmak istemiştim, Sayın Yargıç.

Şerif, çok fena dayak yemişti dedin. Nasıl yaraları vardı?

Şey, özellikle baş çevresine çok darbe almıştı. Kollarında giderek belirginleşen çürükler vardı, ayrıca bir gözü de morarıyordu.

Hangi gözü?

Sol gözü.

Yüzü sana dönükkenki sol gözü mü yoksa seninle aynı yöne bakarkenki sol gözü mü?

Ah, doğru, bu durumda sağ oluyor. Sağ gözüydü, Bay Finch.

Şerif, söylediğinizi tekrarlayabilir misiniz?

Sağ gözüydü, dedim.

Bay Finch, şimdi hatırladım, yüzüne aldığı darbeler de yüzünün aynı tarafındaydı.

Kolları gerçekten çürük içindeydi, ayrıca boğazının etrafında belirgin parmak izleri vardı.

Boğazının etrafında mı? Yoksa boynunun arkasında mı?

Evet, efendim, ufak bir boğazı vardı, herhangi biri bile eliyle kavraya...

Sadece soruya cevap verin, evet mi hayır mı, şerif?

Evet, efendim.

Tüm bunlar ne demek oluyor, Peder?

Robert E. Lee Ewell!

Maycomb büyüklüğündeki her kasabada Ewell'lar gibi aileler vardı. Hiçbir ekonomik dalgalanma onların statüsünü değiştirmezdi... Ewell'lar gibi insanlar buhran zamanında da bereket zamanında da eyaletin konukları gibi yaşıyorlardı.

Okul kaçaklarının peşine düşen hiçbir memur onların sayısız çocuğunu okulda tutamazdı; hiçbir halk sağlığı görevlisi onları doğuştan gelen hastalıklardan, parazitlerden, pis bir çevrenin yarattığı hastalıklardan kurtaramazdı.

Maycomb'un Ewell'ları zamanında bir zenciye ait kulübede, kasabanın çöplüğünün berisinde yaşıyordu.

Vahşi hayvanlar kıt kanaat beslenebiliyordu çünkü Ewell'lar her gün çöpten mahsullerini topluyorlardı, bu endüstrilerinin meyveleri (yani yemedikleri) kulübenin çevresinde kalıyor, araziyi deli bir çocuğun oyun alanına benzetiyordu.

Yine de bahçenin bir köşesi Maycomb'u şaşkınlığa düşürüyordu. Çitin önünde sıra sıra dizilmiş, kırık dökük altı emaye kova içinde, sanki Bayan Maudie Atkinson'a aitmiş de şefkatle bakılıyormuş gibi gözüken görkemli mi görkemli kıpkırmızı sardunyalar duruyordu.

İnsanlar bunların Mayella Ewell'a ait olduğunu söylüyordu.

186

Bay Robert Ewell?

Aynen adım bu, kaptan.

Mayella Ewell'in babası siz misiniz?

Valla değilsem de bu konuda bir şey yapamam artık, anası çoktan öldü.

HA HA HA HA HA HA HA HA HA

Mayella Ewell'in babası siz misiniz?

Evet, efendim.

Bay Ewell 21 Kasım akşamında neler olduğunu kendi kelimelerinizle anlatır mısınız?

Valla, kasımın yirmi birinde ormandan çıra topladıydım, dönüyordum, tam çitin oraya yaklaştığımda Mayella'nın sıkışmış domuz gibi çığlık attığını duydum, evin içinden geliyordu...

Saat kaçtı, Bay Ewell?

Güneş batmaya yakındı. Valla, Mayella öylesine çığlık atıyordu ki İsa'ya rahmet okuturdu.

Bende yükümü atıp koşabildiğim kadar hızlıca koştum, pencereye geldiğimde ne göreyim...

Aha şurdaki zenci herifin kızım Mayella'ya azgınca şeyler yaptığını gördüm.

Bay Jem, Bayan Jean Louise'i eve götürseniz iyi olacak.

Bay Jem beni duydunuz mu?

Scout, eve git. Dill, Scout'la birlikte eve gidin hadi.

Dene de gör bakalım.

Bence sorun yok Peder, söylenenleri anlamıyor.

Anlıyorum bir kere, senin anladığın her şeyi ben de anlayabilirim.

Üf, sussana.

Anlamıyor Peder, o daha dokuz yaşında bile değil.

Bay Ewell ifadenizi Hıristiyan terbiyesine uygun sınırlar içinde tutun, mümkünse.

Devam edin, Bay Gilmer.

Bay Ewell pencerenin orada olduğunuzu söylemiştiniz. Oda nasıl görünüyordu?

Valla, bir kavga olmuş gibiydi, her şey her yerdeydi.

Sanığı görünce ne yaptınız?

İçeri girebilmek için evin etrafında koştum ama ben yetişemeden şu herif ön kapıdan kaçmıştı. Ama onu gördüm, gördüm tamam mı?

Sonrasında ne yaptınız?

Ama Mayella yüzünden arkasından koşamayacak kadar kafam dağıldıydı.

Ne mi yaptım, koşabildiğim kadar çabuk Tate'e koştum tabii. Gördüğümün kim olduğunu biliyordum, tamam mı, evin önünden her gün geçiyordu.

Teşekkürler, Bay Ewell.

Bir dakika, efendim.

Ben de size bir-iki soru sorabilir miyim?

Bay Ewell o gece herkes bir yerlere koşup duruyormuş. Bir bakalım, siz eve koştunuz, pencereye koştunuz, içeri koştunuz, Mayella'ya koştunuz, Bay Tate'e koştunuz.

Tüm bu koşuşturma içinde, doktora da koştunuz mu?

Gerek yoktu ki, ben ne olduğunu gördüm.

Mayella'nın durumundan endişe etmediniz mi?

Tabii ki de endişelendim. Kimin yaptığını gördüm.

Kızınızın yaralarının acil bir tıbbi müdahaleyi gerektirdiğini düşünmediniz mi?

Ne?

Kızınızın acilen doktora ihtiyacı olduğunu düşünmediniz mi?

Aklımın ucundan geçmedi.

Hayatımda hiç doktora gitmişliğim yoktur. Bana beş dolara patladı.

Şerif Tate'in Mayella'nın yaralarıyla ilgili yaptığı tasvire katılıyor musunuz?

Bay Tate ifadesinde sağ gözünün morardığını ve dövüldüğü...

Tabii, tabii Tate ne dediyse katılıyorum.

Öyle mi?

Sağ gözünün morardığına ve dö-

Tate ne dediyse katılıyorum. Gözü morardıydı ve fena da dayak yediydi.

Bay Ewell okuma yazmanız var mı?

İtiraz ediyorum.

Tanığın okur yazarlığının davayla bir ilgisi bulunmuyor, alakasız ve önemsiz bir soru.

Sayın Yargıç, bununla birlikte bir soru daha sormama izin verirseniz anlayacaksınız.

Peki, görelim bakalım. Ama gördüğümüzden emin ol Atticus. İtiraz reddedildi.

Sorumu tekrar edeyim, okuma ve yazma biliyor musunuz?

Tabii ki de biliyorum.

Adınızı yazarak bunu bize gösterebilir misiniz?

Tabii ki de yazarım. Sen benim yardım çeklerini nasıl imzaladığımı sanıyorsun ha?

HA HA HA HA HA HA HA HA HA

Giderek gerginliğim artıyordu. Bay Ewell kendisini vatandaşlara sevdiriyordu.

Bay Ewell siz solaksınız.

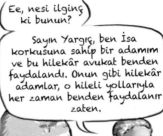

Ee, nesi ilginç ki bunun?

Sayın Yargıç, ben İsa korkusuna sahip bir adamım ve bu hilekâr avukat benden faydalandı. Onun gibi hilekâr adamlar, o hileli yollarıyla her zaman benden faydalanır zaten.

Hepsi bu kadar, Bay Ewell. Teşekkür ederim.

Şimdi onu yakaladık işte.

Valla, efendim, sundurmadaydım ve... ve o geldi ve, bilirsiniz işte, babamın bahçede çıra niyetine kesip parçalamak için getirdiği eski bir dolap vardı.

O zaman yeterince güçlü hissetmiyordum, o yüzden geldiğinde...

"O" dediğiniz kim?

Şurdaki Robinson işte.

Sonra ne oldu?

Dedim ki gel de şu dolabı benim yerime kesip parçalıyıver, ben de sana beş sent vereyim.

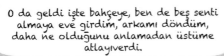

O da geldi işte bahçeye, ben de beş senti almaya eve girdim, arkamı döndüm, daha ne olduğunu anlamadan üstüme atlayıverdi.

Boynumdan yakaladıydı, pis laflar edip küfrediyordu, kavga ediyor, bağırıyordum ama o beni boynumdan tutmaya devam etti. Vurdu da vurdu...

Beni yere yapıştırdı, boğdu, benden faydalandı. Boğazım parçalanana kadar bağırdım, tekmeledim, bağırabildiğim kadar bağırdım.

Sonra bayılır gibi oluverdim, ardından bir baktım babam başımda duruyor, kim yaptı, kim yaptı diye bağırıyordu.

Ona elinden geldiğince karşı koyduğunu söyledin, değil mi? Dişinle tırnağınla çabaladın mı?

Tabii ki de yaptım.

Mayella'nın kendi beyanı kendisine özgüven katmıştı ama bu babasının atılganlığı gibi değildi: Onda, keskin gözlü, seğiren kuyruklu bir kedinin sinsiliğine benzer bir şey vardı.

Senden sonuna kadar faydalandığından kesinlikle eminsin, değil mi?

İstediği şeyi yaptıydı.

Şimdilik hepsi bu kadar, ama sen burada kal. O kötü Bay Finch'in sana soracak soruları vardır.

Bayan Mayella.

Sizi korkutmaya çalışmayacağım, en azından şimdi değil. Önce birbirimizi tanıyalım.

Kaç yaşındasınız?

Oradaki yargıca dediydim ya, on dokuz yaşındayım.

Evet, söylediniz, söylediniz hanımefendi. Bana biraz katlanmaya çalışın, Bayan Mayella. Artık yaşlanıyorum ve eskisi kadar iyi hatırlayamıyorum.

Size önceden söylediğiniz şeyleri tekrar sorabilirim ama bana cevap verirsiniz değil mi?

Benimle dalga geçmeye devam ettiğin sürece tek kelime etmem.

Bay Finch seninle dalga geçmiyor ki. Sorunun ne?

Deminden beri bana hanımefendi diyor, Bayan Mayella diye seslenip duruyor. Onun küstahlığına katlanmak için çağırılmadım buraya.

Biz senelerdir bu mahkeme salonunda birlikte çalışırız Bay Finch ile ve o herkese karşı naziktir. Seninle dalga geçmeye çalışmıyor, kibarlık ediyor. O böyle biridir.

Atticus işlemlere devam edelim, ayrıca kayıtlara geçirilsin, şahidin görüşlerinin aksine kendisiyle dalga geçilmemektedir.

Bayan Mayella, on dokuz yaşında olduğunuzu söylediniz.

Kaç erkek ve kız kardeşiniz var?

Yedi tane.

Siz en büyükleri misiniz? En yaşlısı?

Evet.

Anneniz öleli ne kadar oluyor?

Bilmem... Çok uzun zaman.

Hiç okula gittiniz mi?

Oradaki babam gibi yazıp okuyabilirim.

Okula ne kadar süre devam ettiniz?

İki yıl... Üç yıl... Bilmem ki.

Yavaş yavaş ama emin adımlarla Atticus'un sorularındaki düzeni görebilir hale geldim.

Atticus sessizce Ewell'ların günlük hayatının bir resmini çiziyordu jürinin gözü önünde.

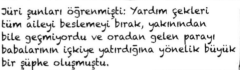

Jüri şunları öğrenmişti: Yardım çekleri tüm aileyi beslemeyi bırak, yakınından bile geçmiyordu ve oradan gelen parayı babalarının içkiye yatırdığına yönelik büyük bir şüphe oluşmuştu.

Hava nadiren pabuç giymeyi gerektirecek kadar soğuktu ama soğudu mu da eski tekerlere ip geçirip düzgün bir tane pabuç yapabiliyordunuz.

Yıkanmak istiyorsanız kendi suyunuzu kendiniz taşıyordunuz.

Küçük çocuklar sürekli soğuk algınlığından ve uyuzdan mustaripti.

Arada bir gelip niye okula devam etmediğini soran bir hanım vardı... kadın yanıtını kâğıda yazmıştı:

Çünkü babaları evde onlara ihtiyaç duyuyordu.

...

Babam hayatım boyunca bana bir fiske bile vurmamıştır.

Size güzel bir ziyaret yapmış olduk, Bayan Mayella, sanırım artık davaya geçsek daha iyi.

Dediniz ki, Tom Robinson'ı çağırdınız ve şeyi kesmesini istediniz, neydi o?

Bir gardırop, yan tarafı tamamen çekmeceli bir dolap.

Tom Robinson'ı tanıyor muydunuz?

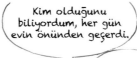

Kim olduğunu biliyordum, her gün evin önünden geçerdi.

Daha önce hiç çitten içeriye çağırmış mıydınız onu?

Hayır çağırmadım, kesinlikle çağırmadım.

Bir kere çağırmadım demeniz yeterli. Daha önce kendisinden hiç angarya işleri-nizi yapmasını istemediniz yani?

Belki.

Başka bir iş yaptırdığınızı hatırlıyor musunuz?

Hayır.

Peki, şimdi de neler olduğuna geçelim.

Tom Robinson hakkında, "Boynumdan yakaladı, pis laflar edip küfrediyordu," dediniz. Doğru mu?

Doğru.

"Beni yere yapıştırdı, boğdu, benden faydalandı," dediniz, doğru mu?

Evet, öyle dedim.

Yüzünüze vurduğunu hatırlıyor musunuz?

...

Sizi boğduğundan emin gözüküyorsunuz. Yüzünüze vurduğunu hatırlıyor musunuz?

Ben...

Kolay bir soru bu, Bayan Mayella, o yüzden tekrar soracağım. Yüzünüze vurduğunu hatırlıyor musunuz?

Hayır, yüzüme vurdu-ğunu hatırlamıyorum.

Yani... yok hatırlıyorum, evet vurdu.

Son söylediklerinizi yanıtınız olarak kabul edebilir miyim?

Ha? Evet, vurdu... Sadece hatırlamıyorum, valla hatırlamıyorum... Her şey o kadar çabuk oldu ki.

Ağlamayın genç hanım...

Ağlamak isterse, bırakın ağlasın Sayın Yargıç. Vaktimiz çok.

Sorduğun her soruya cevap vereceğim... Beni buraya çıkardın ve dalga geçiyorsun ha? Her soruna cevap vereceğim...

Çok iyi. Sadece birkaç sorum kaldı.

Doğru adamdan bahsettiğinizden emin olmanızı istiyorum. Irzınıza geçen adamı teşhis edebilir misiniz?

Tabii ki, işte şuradaki adam.

Tom, ayağa kalk ve Bayan Mayella sana iyice bir baksın.

Scout!

Scout, bak! Peder o sakat.

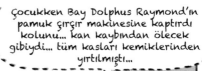

Çocukken Bay Dolphus Raymond'ın pamuk çırçır makinesine kaptırdı kolunu... kan kaybından ölecek gibiydi... tüm kasları kemiklerinden yırtılmıştı...

Peki, şimdi biraz sakinleşerek konuşalım.

İtiraz ediyorum, Sayın Yargıç. Tanığa gözdağı veriyor.

Aa lütfen otur, Horace, hiç de öyle bir şey yapmıyor. Hatta aksine tanık, Atticus'a gözdağı veriyor desek daha doğru.

Bayan Mayella, ifadenizi tekrar gözden geçirmek ister misiniz?

Olmayan bir şey mi söylememi istiyorsun?

Hayır, hanımefendi, olmuş şeyleri söylemenizi istiyorum.

Söyledim ya neler olduğunu.

Sizi boğduğuna dair bir ifade verdiniz.

Evet.

O zaman sizi boğmayı bırakıp mı vurdu?

Öyle dedim.

Sol gözünüzü sağ yumruğuyla mı morarttı?

Eğildim ve yumruğu... yumruğu sıyırdı geçti, evet öyle oldu, eğildim ve yumruğu sıyırdı geçti.

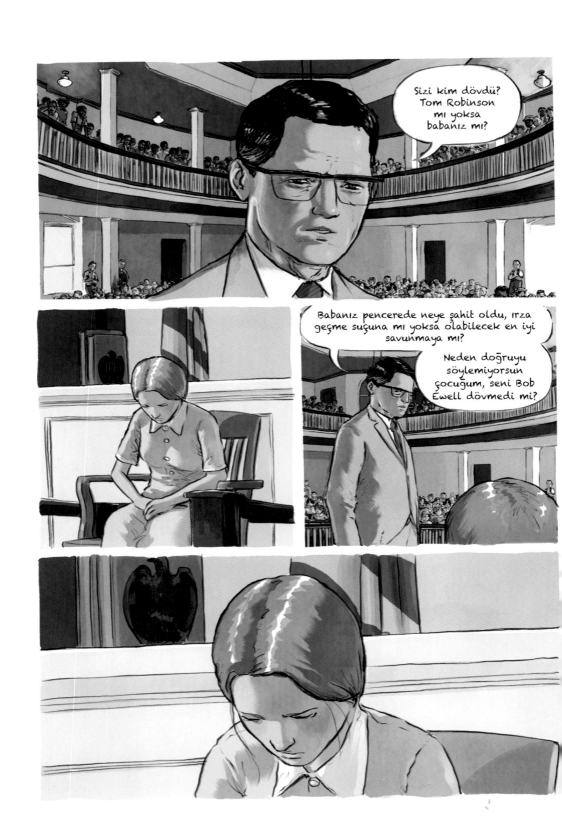

Söyleyecek iki çift lafım var...

...söyleyecek iki çift lafımı da ettim mi bir daha da bişicik demeyeceğim.

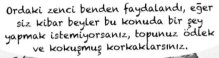

Ordaki zenci benden faydalandı, eğer siz kibar beyler bu konuda bir şey yapmak istemiyorsanız, topunuz ödlek ve kokuşmuş korkaklarsınız.

Ödlek ve kokuşmuş korkaklar sizi.

O kibar havaların hiçbir işe yaramaz... Yok hanımefendiymiş, Bayan Mayella'ymış, hiçbiri hiçbir işe yaramaz, Bay Finch.

Tom yeminini edip tanık koltuğuna geçti. Atticus şunları söylemesi için onu hızlıca teşvik etti: Tom yirmi beş yaşındaydı; evliydi ve üç çocuğu vardı; daha öncesinde kanunla başı bir kez belaya girmişti: Ahlaka aykırı davranıştan otuz günlük bir ceza almıştı.

Ahlaka aykırı bir şey olmalı.

Neydi o davra...

Bir adamla kavga ettim, beni bıçaklamaya çalıştı.

İkiniz de mahkûm edildiniz mi?

Evet, efenim, ben içerde yattım çünkü para cezasını ödeyemedim, öteki adam ödedi.

Niye bunları soruyor ki?

Tom'un gizleyecek hiçbir şeyi olmadığını gösteriyor.

Mayella Violet Ewell'ı tanır mıydınız?

Evet, efenim, her gün tarlaya giderken ya da dönerken evinin ordan geçmek zorundaydım.

Hiç sizinle konuştu mu?

Ee, tabii efenim, her gün geçerken şapkamla selam verirdim, bir gün beni içeri çağırdı ve gardırobu onun için parçalamamı istedi.

Ne zaman şu, şu gardırobu parçalamanı istedi?

Bay Finch ta geçen bahardı.

Dedi ki, "Sana beş sent vermem gerekir değil mi?" Ben de dedim ki "Olur mu bayan, para istemem." Sonra da eve gittim, Bay Finch, ta geçen bahardı, üstünden bir yıldan fazla geçti.

Daha sonra oraya tekrar gittiniz mi?

Evet, efenim, çok kere gittim.

Ordan ne zaman geçsem bana verecek işi var gibiydi... onun için bir şeyler kestim, çıra topladım, su taşıdım.

Her gün sulardı şu kırmızı çiçeklerini...

Yaptıkların için bir ödeme alıyor muydun?

Hayır, efenim. Yapmaktan memnundum zaten kenara koyacak beş senti olmadığını biliyordum.

Diğer çocuklar neredeydi?

Onlar her zaman ortalıktaydı, çevredeydi. Kimi beni çalışırken izlerdi, kimi de, kimi de pencerede olurdu.

Tom Robinson ifade vermeye devam ederken Mayella Ewell'ın dünyadaki en yalnız insan olduğunu düşünmeye başladım.

Öcü Radley'den bile daha yalnızdı.

Jem'in bahsettiği melez çocuklar kadar üzgün diye düşündüm.

Beyazların onunla hiçbir işi olmazdı çünkü domuzlarla birlikte yaşıyordu; zencilerin onunla hiçbir işi olmazdı çünkü o bir beyazdı.

Zencilerin arkadaşlığını tercih eden Bay Dolphus Raymond gibi yaşayamazdı çünkü kızın nehir kenarında ne bir arazisi ne de köklü, iyi bir ailesi vardı.

Kimse Ewell'lar hakkında "Onların âdeti budur," demezdi.

Tom, geçen yılın kasım ayında, ayın yirmi birinde akşam neler oldu?

Bay Finch o akşam da her zamanki gibi eve dönüyordum, Ewell'ların ordan geçerken...

"...Bayan Mayella tıpkı dediği gibi sundurmadaydı.

"Neden bilmem, ortalık çok sessizdi, neden acaba diyordum, ordan geçerken Bayan Mayella beni çağırdı ve bir dakkalığına yardım etmemi istedi.

"Eh, ben de çitlerden içeri girdim ve etrafta keseyim diye çıralık bakındım, ama bir şey göremedim sonra o, 'Bu seferki işim evin içinde. Eski kapının menteşeleri tam oturmuyor, sonbahar da hızla geliyor,' dedi.

"Eh, ben de basamağı tırmandım, içeri çağırmıştı sonuçta, öndeki odaya girip kapıya baktım.

"Bu kapının bir şeyi yok dedim Bayan Mayella'ya. Çekiştiriyordum ama menteşeleri sağlam görünüyordu.

"Bay Finch, düşünüp duruyordum neden çok sessiz diye sonradan kafama dank etti, etrafta hiç çoluk çocuk yoktu, bir tanecik bile, ben de Bayan Mayella'ya dedim ki çocuklar nerde?"

Onun hareketlerine karşı koydun mu?

Bay Finch, denedim, çirkefleşmeden denedim. Çirkefleşmek ya da onu itmek falan istemedim.

Tom, bir kez daha Bay Ewell'a dönelim. Sana hiçbir şey söyledi mi?

Bir şeyler demiş olabilir ama yanında değildim...

Anlaşıldı. Bir şey duymadın çünkü kaçıyordun, öyle mi?

Öyle yaptım, efenim.

Peki niye kaçtın?

Korkmuştum, efenim.

Peki neden korkmuştun?

Bay Finch, siz de benim gibi zenci olsanız korkardınız.

Onun için üzülüyordun ha, sen onun için üzülüyordun yani?

Ben...

...

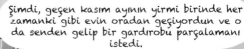

Şimdi, geçen kasım ayının yirmi birinde her zamanki gibi evin oradan geçiyordun ve o da senden gelip bir gardırobu parçalamanı istedi.

Hayır, efenim... Evin içinde benim için bir işi olduğunu söyledi...

Yalan söylüyor demiyorum, Bay Gilmer, karıştırıyor diyorum.

Yani diyorsun ki o yalan söylüyor, öyle mi evlat?

Sonraki on soru boyunca, Bay Gilmer Mayella'nın anlattıklarının üstünden geçti. Tanığın cevapları hiç değişmedi, her seferinde kızın yanlış hatırladığını söyledi.

Bay Ewell seni oradan kovalamadı mı evlat?

Hayır, efenim, kovaladığını sanmıyorum.

Sanmıyor musun, ne demek istiyorsun?

Demek istediğim, orada beni kovalayacağı kadar kalmadım bile.

Bu konuda çok samimisin, neden o kadar hızlı kaçtın?

Dediğim gibi, korkmuştum efenim.

Tutuklanmaktan korkmuştun, yaptıklarınla yüzleşmekten korkmuştun, öyle değil mi?

Hayır efenim, yapmadığım şeylere göğüs germekten korktum.

Sen bana karşı küstahlık mı ediyorsun, ha?

Hayır, efenim, öyle bir amacım yoktu.

Scout, Dill'le dışarı çıkın. Yoksa ben sizi çıkarmasını bilirim.

Kendini iyi hissetmiyor musun?

Dayanamadım o adama. O yaşlı, Bay Gilmer'ın onunla konuşma şekli çok nefret doluydu.

Öyle davranması gerekiyor, Dill, sonuçta çapraz sorgu...

Ama öyle davranmamıştı önceden...

Dill, onlar kendi tanıklarıydı.

Olsun, Bay Finch, Mayella ve yaşlı Ewell'a öyle davranmadı. Onun o konuşma tarzı... Sürekli "evlat" deyip durdu, onunla dalga geçti.

Bu sadece Bay Gilmer'ın tarzı, Dill, hep öyle davranır o.

Ama Bay Finch öyle değil.

O bir örnek sayılmaz Dill, o...

O mahkeme salonunda da, sokakta da nasılsa öyle.

Benim demek istediğim o değildi.

Ben anladım seni, evlat.

Hassaslık ettiğinden değil de, yine de mideni bulandırıyor değil mi?

Gel buraya, evlat, en azından midene iyi gelecek bir şeyim var.

Bay Dolphus Raymond kötü biri olduğundan teklifini kabul etmekte isteksizdim ama Dill'i takip ettim.

Al bakalım. Şöyle sağlam bir yudum iç, seni sakinleştirir bu.

Dill, dikkat et.

Scout, bu sadece kola.

Siz ufaklıklar hemen gidip beni ispiyonlamayın olur mu? Sonra itibarımı kaybederim.

Yani o kese kâğıdından içtiğiniz şey sadece kola mı? Düz kola?

Evet, hanımefendi. Çoğu zaman tek içtiğim budur.

O zaman öyle davranmanız...? Özür dilerim efendim, ben...

Neden böyle davranıyorsunuz?

Eh, bunun cevabı çok basit: Bazı insanlar pek... benim yaşama tarzımdan hoşlanmıyor.

Ben de onlara bunun için bir sebep vereyim dedim. Bir sebepleri olması insanları rahatlatıyor, anlıyor musunuz?

Anlamadım, efendim.

221

Kasabaya zaten çok nadir gelirim, geldiğimde de biraz o tarafa biraz bu tarafa yürüyüp bu kese kâğıdından içersem, insanlar Dolphus Raymond viskinin pençesine düştü... bu yüzden âdetlerini değiştirmiyor diyebilir.

Ama bu dürüstçe değil, Bay Raymond, durumunuzu daha da kötüleştiriyorsunuz, siz zaten...

Dürüstçe değil ama insanlara çok yardımcı oluyor.

Aramızda kalsın, Bayan Finch, ben pek içen biri değilimdir, ama görüyorsunuz ya, benim yaşamak istediğim gibi yaşadığımı asla ama asla anlayamayacaklar.

Melez çocukları olan ve bunu kimin bildiğini bile umursamayan bu günahkâr adamı dinlememem gerektiğini hissediyordum, ama o kadar büyüleyiciydi ki.

Kendisine karşı kasten sahtekârlık yapan bir varlıkla hiç karşılaşmamıştım.

Peki o zaman bize sırrımızı niye söylüyorsunuz, Bay Raymond?

Çünkü siz çocuksunuz ve beni anlayabilirsiniz.

Olup bitenlere henüz aklınız ermiyor. Henüz dünyayı yeterince görmediniz.

Hatta kasabayı bile yeterince tanımadınız, ama şimdilik tek yapmanız gereken mahkeme salonuna geri dönmek.

Hadi Dill. Daha iyisin, değil mi?

Evet.

Sizinle tanıştığıma çok memnun oldum Bay Raymond. İçecek için de teşekkür ederim.

Gerçekten de çok iyi geldi.

...herhangi bir doğrulayıcı delilin yokluğuna rağmen, bu adama ölüm cezasıyla dava açıldı ve şu anda ömür boyu hapis cezası ya da ölüm cezasıyla yargılanıyor.

Ne kadar zamandır devam ediyor?

Az önce kanıtların üzerinden geçti ve bence biz kazanacağız, Scout. Kazanamamamız için hiçbir neden yok.

Beş dakikadır devam ediyor.

Beyler, kısa konuşacağım, ancak kalan zamanımı size bu davanın zor bir dava olmadığını hatırlatmak için kullanmak istiyorum, karmaşık gerçeklerin dakikalarca incelenmesini gerektiren bir dava değil bu, fakat sanığın suçlu olup olmadığı konusunda şüpheye mahal bırakmayacak şekilde emin olmanızı gerektiriyor.

Öncelikle, bu dava mahkemeye bile çıkmamalıydı. Bu durum siyah ve beyaz kadar net.

Savcılık, Tom Robinson'ın suçlandığı suçun işlenip işlenmediğine dair bir gıdım bile tıbbi kanıt sunmadı.

Bunun yerine, iki tanığın ifadesine itibar etti, bu iki tanığın sundukları deliller çapraz sorgu sırasında ciddi soruların ortaya çıkmasının yanında sanığın söyledikleriyle de tamamen çelişiyordu.

Sanık suçlu değil ama bu mahkeme salonundaki bir kişi suçlu.

Sözlerimi bitirmeden önce bir şey daha ekleyeceğim beyler.

Bu ülkede tüm insanların eşit yaratıldığının görüldüğü tek bir yer var... bir fakirin Rockefeller'la, aptal bir adamın Einstein'la ve cahil bir adamın herhangi bir üniversite müdürüyle eşit olduğu, insan elinden çıkma tek bir kurum var.

Beyler, bu kurum mahkemedir.

Mahkemelerimizin ve jüri sistemimizin doğruluğuna kati bir kesinlikle inanacak kadar idealist biri değilim... Kusursuz bulduğumu söyleyemem, benim için mahkemeler yaşayan, işleyen bir gerçeklik.

Bir mahkeme ancak jürisi kadar güvenilirdir ve bir jüri ancak onu oluşturan adamlar kadar güvenilirdir.

Eminim ki beyler, siz, duyduğunuz kanıtları öfkeye kapılmadan gözden geçirecek, bir karara varacak ve bu adamı ailesinin yanına göndereceksiniz.

...her birinizin teker teker derisini yüzmeli! Böyle bir şeyi baştan sona dinlediğinizi düşünüyorum da...

Jem Bey, küçük kız kardeşinizi o mahkemeye götürmekten daha iyi bir şey aklınıza gelmedi mi? Alexandra Hanım bunları öğrendiği zaman kesin felç geçirecek.

Çocukların öyle şeyler duyması uygun mu hiç...

Jem Bey, omuzlarınızın üzerinde kafa namına bir şeyler taşımaya başladığınızı düşünüyordum... Düşüncesi bile... O senin küçük kız kardeşin! Düşüncesi bile deli ediyor, efendim! Kendinizden tamamen utanmalısınız... Sizde hiç kafa kalmadı mı?

Olup biteni duymak istemiyor musun Cal?

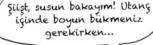

Şiişt, susun bakayım! Utanç içinde boyun bükmeniz gerekirken...

Calpurnia, artık paslanmış bir dizi tehdidi yeniden ısıtıp önümüze koyarak Jem'i biraz pişmanlığa sürükledi. Sütün yanında patates salatası ve jambon çıkardı, bir yandan da değişen yoğunluklarda, "kendinizden utanmanız lazım," diye mırıldanıp duruyordu, son emriyse, "şimdi hepiniz yavaş yavaş yemeğinizi yiyin," oldu.

Rahip Sykes yerlerimizi bizim için tutmuştu. Neredeyse bir saat sonra geldiğimizi anlayınca şaşırdık, mahkeme salonunu aynen bıraktığımız gibi bulduğumuzda da aynı derecede şaşkındık.

Çok uzun sürmedi mi?

Hakikaten öyle, Scout.

Mahkeme salonunda sessizlik lütfen.

Nasıl böyle bir şey yapabildiler, nasıl?

Bilmiyorum, ama oldu işte.

Önceden de yaptılar, sonra da yapacaklar, tekrar ve tekrar, böyle bir şey yaptıklarında... anlaşılan çocuklar dışında kimse gözyaşı dökmüyor.

Üzgünüm, kardeşim.

O iyi mi?

Yakında toparlar.

Onun için biraz fazlaydı.

Daha en başından gitmelerine izin vermek akıllıca değildi zaten.

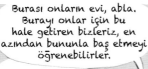

Burası onların evi, abla. Burayı onlar için bu hale getiren bizleriz, en azından bununla baş etmeyi öğrenebilirler.

Ama mahkeme salonuna gidip de debelenmek zorunda...

Misyoner çay partileri ne kadar Maycomb demekse, mahkemeler de o kadar Maycomb demek.

Atticus—

Bu konuda dargın davranacak son insan sensin diye düşünürdüm.

Dargın değilim, sadece yorgunum.

İyi geceler.

Size basitçe anlatmak istediğim bir şey var. Bu dünyada bazı insanlar bizim tatsız işlerimizi yapmak için doğmuştur. Babanız da onlardan biri.

Kozanın içinde tırtıl olmak gibi bir şey, gerçekten de böyle. Sıcak bir yerde sarılıp sarmalanmış uyumak gibi. Her zaman Maycomb halkının dünyadaki en iyi insanlar olduğunu düşünmüşümdür, en azından öyle görünüyorlardı.

Eh.

İyi.

Bana öyle, eh iyi falan deme küçük bey. Söylediklerimi takdir edecek kadar büyük değilsin.

Dünyanın en güvenli insanlarıyız.

Nadiren Hıristiyan olmaya çağrılıyoruz, ama olduğumuzda, aramızda bizim için çabalayan Atticus gibi insanlarımız var.

Keşke kasabanın geri kalanı da böyle düşünse.

Kaçımızın aynı şeyi düşündüğünü bilseniz şaşarsınız.

Kim? Bu kasabada kim Tom Robinson'a yardım etmek için kılını kıpırdattı, kim?

Öncelikle siyahi arkadaşları ve bizim gibi insanlar. Yargıç Taylor gibi insanlar. Bay Heck Tate gibi insanlar.

Yargıç Taylor'ın o çocuğu savunması için Atticus'un adını vermesinin şans eseri olmadığı dikkatinizi çekmedi mi?

Geri dönmenizi beklerken düşündüm durdum, Atticus Finch kazanmayacak, kazanamayacak dedim, ama buralarda hele böyle bir davada jüriyi bu kadar uzun süre dışarda düşünmeye itecek tek kişi de o. Ve kendi kendime, dedim ki en azından bir adım atıyoruz, belki küçücük bir adım, ama bir adım.

"Atticus gözünü bile kırpmamış. Öylece durmuş ve Bay Ewell ona öyle küfürler etmiş ki birini bile ağzıma alamam."

Karşı koymayacak kadar kibirli misin, seni zenci hayranı puşt?

Hayır.

Çok yaşlıyım.

Atticus Finch'e şapka çıkarmalı, bazen çok bezdirici olabiliyor.

241

Jem de, ben de bunu hiç eğlenceli bulmamıştık.

Kasabanın en keskin nişancısının hiç silahı yoktu ve biz de onun için endişeleniyorduk.

Bir tane ödünç alabilirsin.

Saçmalık. Evde silah bulundurmak demek, birinin seni vurması için davet çıkarmak demektir.

Seni ne rahatsız ediyor oğlum?

Bay Ewell.

Senin adına korkuyoruz ve onun hakkında bir şeyler yapman gerektiğini düşünüyoruz.

Jem, bir dakika bile olsa kendini Bob Ewell'ın yerine koy. Duruşmada adamcağızda itibar namına kalan ne vardıysa iki paralık ettim. Yüzüme tükürmesi ve beni tehdit etmesi Mayella Ewell'ı en ufak bir fiskeden bile kurtardıysa, bunu memnuniyetle kabul ederim.

Acısını birinden çıkarmak zorundaydı ve o çocukla dolu evdekiler yerine benimle uğraşmasını tercih ederim. Anladın mı?

Bob Ewell'dan korkacak hiçbir şeyimiz yok, bu sabah ne var ne yoksa içinden attı.

Bundan o kadar da emin olmazdım Atticus. Onun gibiler kin güttü mü öcünü almak için her şeyi yapar.

Atticus, eğer temyizde de kaybederseniz Tom'un başına ne gelecek?

Elektrikli sandalyeye gönderilecek.

Şimdilik bu konuda endişe etmene gerek yok, Scout. Şansımız epeyce yüksek.

Her şey dönüp dolaşıp jüriye geliyor. Jürileri ortadan kaldırmalı.

O jüride sen ve senin gibi on bir kişi daha olsaydı oğlum, Tom şimdi özgür bir adam olurdu.

Şimdiye kadar hayatınızdaki hiçbir şey muhakeme sürecinize müdahale etmedi. Mahkemelerimizde siyah bir adamın sözüne karşı beyaz bir adamın sözü dinleniyorsa, beyaz adam her zaman kazanır. Çok çirkin ama bunlar da hayatın gerçekleri.

Bu doğru olduğu anlamına gelmiyor, öylesi kanıtlarla bir insanı hapse atmamalısın... atamamalısın.

Sen atamayabilirsin ama onlar atabiliyorlar ve attılar da.

Büyüdükçe göreceksiniz ki, beyazlar siyahileri her zaman kandırıyor.

Ama size bir şey söyleyeyim ve bu söylediğim kulağınıza küpe olsun...

Ne zaman beyaz adamın biri bir siyahiye böyle bir şey yaparsa, kim olursa olsun, ne kadar zengin olursa olsun, ne kadar iyi bir aileden gelirse gelsin...

O beyaz adam işe yaramaz adamın tekidir.

243

Kendinizi kandırmayın... Böyle böyle hepsi birikiyor ve günün birinde bunun faturası kesilecek. Umarım siz çocukların zamanında olmaz.

Neden bizim gibi ya da Bayan Maudie gibi insanlar jüri koltuğuna oturmuyor?

Öncelikle Bayan Maudie jürilik yapamaz çünkü o bir kadın...

Alabama'da kadınlar jürilik yapamaz mı demek istiyorsun?

Evet. Herhalde kırılgan hanımefendilerimiz Tom'unki gibi berbat davalardan korunsun diye.
Ayrıca, bir davayı tamamlayabileceğimizden bile şüpheliyim... Hanımefendiler sürekli araya girip soru sorup duracaklardır.

HA HA HA HA

Tom'un jürisi kararını aceleyle verdi.

Hayır, öyle değil. O jüri birkaç saat düşündü. Kaçınılmaz bir karardı belki ama genelde jürinin karar vermesi birkaç dakikayı aşmaz.

Belki bilmek istersiniz, bir kişi gücü tükenene kadar uğraştı... Başlangıçta düpedüz beraat için can atıyordu.

Kim?

Old Sarum'lu arkadaşlarımızdan biri...

Cunningham'lardan biri mi?

Vay be. Bir bakıyorsun onu öldürmek istiyorlar sonra bir bakıyorsun serbest kalması için uğraşıyorlar...

Okul yakında başlayacak, Walter'ı yemeğe davet edeceğim.

247

Ağustos sonuydu ve Alexandra halayla misyoner çevresi dinin gereklerini yerine getirmek için evin her yanından duyulacak şekilde mücadele ediyorlardı.

Dikkatli ol, ağırdır. Bakmadan taşırsan dökmezsin.

Ah, o zavallı Mruna'lar.

O ormanda J. Grimes Everett dışında bir başlarına yaşıyorlar.

Aziz gibi bir insan şu J. Grimes Everett, onun dışında hiçbir beyaz onların yanına gitmez.

Bizimle kalsana, Jean Louise.

Pek güzel giyinmişsin, Bayan Jean Louise.

Büyüyünce ne olacaksın bakalım, Jean Louise? Avukat mı?

Hayır, bunun üzerine daha düşünmedim...

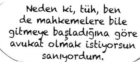

Neden ki, tüh, ben de mahkemelere bile gitmeye başladığına göre avukat olmak istiyorsun sanıyordum.

HA HA HA HA HA HA

Büyüyünce avukat olmak istemez misin?

Hayır, sadece bir kadın olmak istiyorum.

Eh, daha sık elbise giymezsen pek fazla yol alamazsın.

Jean Louise sen çok şanslı bir kızsın, Hıristiyan bir kasabada, Hıristiyan insanlar ve Hıristiyan bir evde yaşıyorsun.

Evet, hanımefendi.

Neydi o Gertrude? Ah, evet. Eh, her zaman affet ve unut derim, affet ve unut.

Kilisenin yapması gereken, buradan sonra bu çocukların Hıristiyan bir yaşam sürmesi için ona yardım etmek.

Affedersiniz Bayan Merriweather, Mayella Ewell hakkında mı konuşuyorsunuz?

May mi? Hayır çocuğum. Şu zencinin karısından bahsediyorum. Tom'un karısından. Tom...

Robinson, efendim.

Eğer tüm bunları affettiğimizi ve unuttuğumuzu anlamalarını sağlarsak her şey diner.

Ah... Bayan Merriweather, ne diner?

Hiç, Jean Louise. Aşçılar ve tarla işçileri memnuniyetsizlik ediyordu sadece, ama yavaş yavaş uslanıyorlar - davanın ertesi günü söylenip durmuşlardı.

Gertrude, asık suratlı bir zenciden daha rahatsız edici bir şey yok diyeyim sana. Çeneleri buraya kadar iniyor.

Sophy'me ne dedim biliyor musun, Gertrude? "Sophy," dedim, "açıkçası bugün hiç de Hıristiyan biri gibi davranmadın."

"İsa Mesih hiç homurdanarak, şikâyet ederek ortalıkta dolaşmadı."

Ve biliyor musun, duyduğu iyi oldu.

Affedersiniz, hanımlar. Alexandra bir dakika mutfağa gelebilir misin? Bir süreliğine Calpurnia'yı senden ödünç alacağım.

Tom öldü.

Onu vurdular. Kaçıyormuş. Egzersiz saatiymiş. Dediklerine göre çılgın gibi kendini çite atmış.

Çok da iyi bir şansımız vardı.

Ona düşündüğümü anlattım ama dürüstçe iyi bir şanstan fazlasına sahip olduğumuzu söyleyemezdim.

Sanırım Tom beyaz adamların tanıdığı şanstan bıkmıştı ve kendi şansını denemeyi tercih etti.

Cal, benimle gelmeni ve Helen'e söylerken yardımcı olmanı istiyorum.

Tabii, efendim.

Maycomb, Tom'un ölüm haberiyle ilgilendi, o da yaklaşık iki gün sürdü; iki gün, haberin bölgeye yayılması için yeterliydi.

Duydun mu olanları?

Hayır?

Valla, şimşek gibi koştuğunu söylüyorlar.

Maycomb'a göre Tom'un ölümü Normal'di.

Normal'di aceleyle kaçmak zenciler için.

Normal'di bir zencinin plan yapmadan, geleceğini düşünmeden, bulduğu ilk fırsatta körlemesine koşması.

Ancak The *Maycomb Tribune*'de bir başyazı yayımlandı.

Bay B. B. Underwood böylesine sert görülmemişti. Sakatları öldürmenin günah olduğunu ifade ediyor ve Tom'un ölümünü, ötücü kuşların avcılar ve çocuklar tarafından anlamsızca katledilmesine benzetiyordu.

Atticus, Tom Robinson'ı kurtarmak için özgür insanın elindeki her aracı kullanmıştı, ancak insanların kalplerindeki gizli mahkemelerde Atticus'un bir davası bile yoktu ki.

Tom, Mayella Ewell ağzını açıp çığlık attığı anda ölü bir adamdı artık.

251

Atticus'un dediği gibi, yarım yamalak da olsa olaylar bir süre sonra sakinleşti.

Bay Bob Ewell birkaç gün içinde bir iş buldu ve bulduğu gibi de kaybetti, muhtemelen 1930'ların yıllıklarına benzersiz bir şekilde geçti: İş Bulma Kurumu'ndan tembellik sebebiyle kovulduğunu duyduğum tek kişiydi.

Atticus'u kendisini işinden etmekle suçladı ve yardım çeki için sosyal hizmetler bürosuna düzenli haftalık ziyaretlerine devam etti.

Bay Ewell, Tom Robinson kadar kısa sürede unutuldu ve Tom Robinson, Öcü Radley ne kadar unutulduysa o kadar unutulmuştu.

Radley Evi'nin beni korkutması artık geçmişti ama daha az kasvetli, büyük meşe ağaçlarımın altında daha az soğuk ve daha davetkâr değildi.

Eminim bu gece onları kimse rahatsız etmez.

Yine de ürkütücü bir yer, değil mi?

Öcü kimseye zarar vermek istemiyor ama yanımda olduğuna çok memnunum yine de.

Biliyorsun Atticus okul binasına kadar tek başına gitmene izin vermezdi.

Hayaletlerden korkmuyor musun?

HA HA HA HA HA

Şu eski şarkı nasıldı? Meleğin nuru, yaşamın-ölüsü; çekil yolumdan, içine çekme nefesimi ruhumu.

Hayaletler, Sıcak Buharlar, büyüler, gizli işaretler... hepsi gün ışığındaki sis gibi kaybolmuştu yıllarımız geçtikçe.

Aman Tanrım!

Ha-ha-ha. Kandırdım!

Bu yoldan geçersiniz diye düşünmüştüm.

Tek başına ta buralarda napıyorsun evlat? Öcü Radley'den korkmuyor musun ha?

Annemle babam beni okula kadar bıraktı.

Söylesene, Cecil, sen bugün inek değil misin?

Cadılar Bayramı'nı kutlamak için Bayan Merriweather, lisenin salonunda Maycomb İlçesi: Ad Astra Per Aspera adında orijinal bir gösteri düzenlemişti ve ben de jambon olacaktım.

Çocuklardan bazılarının ilçenin tarım ürünlerini temsil edecek şekilde kostüm giymesinin çok güzel olacağını düşünüyordu: Cecil Jacobs ineğe benzeyecek şekilde giyinirdi; Agnes Boone'dan çok güzel bir fasulye olurdu, başka bir çocuk fıstık kılığına girerdi ve Bayan Merriweather'ın hayal gücüyle çocukların sayısı bitene kadar liste bu şekilde ilerledi.

Yerel terzi Bayan Crenshaw iyi bir iş çıkardı; Jem, gerçekten de bacaklı bir jambona benzediğimi söyledi. Gerçi rahatsızlık veren birkaç nokta vardı: Bir kere sıcaktı, zar zor sığıyordu; ayrıca burnum kaşınsa onu kaşıyamazdım ve içeri girdiğimde kıyafetten tek başıma kurtulamazdım.

İyi misin orda Scout?

Sesin sanki tepenin öte yanındaymışsın gibi geliyor.

Senin de sesin pek yakından geliyor denemez.

BOM BOM BOM

Maycomb İlçesi: Ad Astra Per Aspera

Pek çok zorluk atlatıp yıldızlara ulaşmak, demek oluyor.

Bayan Merriweather'ın söylediği her cümlenin ardından davul patlıyordu. Keder içinde, ilçemizin eyaletimizden daha eski olduğunu söyledi ve otuz dakika boyunca Albay Maycomb'un maceralarını anlattı.

Daha sonra söylediklerine göre, canla başla çalışmış, sırayla giren fasulyeler ve çam ağaçlarının verdiği bir özgüvenle gösterinin sonunda "Jam-booon" diye mırıldanmış.

Jambon!

Bayan Merriweather çok başarılı olmuş gibiydi, herkes onu alkışlıyordu, ama o beni kuliste yakaladı ve gösterisini mahvettiğimi söyledi.

Jem, seyirciler gidene kadar benimle sahne arkasında beklemeye razı oldu.

Çıkarmak istiyor musun, Scout?

Boş ver, dursun işte.

Böylece utancımı kıyafetin altında saklayabilirdim.

Kimsecikler kalmadı gibi. Hadi biz de gidelim.

Parmaklarıyla kostümümün üstünü kavradığını hissettim, çok fena kavramıştı hem de.

Jem acıtmaya başlamıştı.

Bazen kafam çok yavaş çalışıyor.

Orada öylece donup kaldım.

Jem
öldü mü?

Hiç de bile. Tıpkı
senin gibi kafasında
bir şişlik var sadece,
bir de kolu
kırılmış.

Sanki biri kolunu
kıvırmış gibi...
Şimdi bana bak.

Yani
ölmedi mi?

Ha-yııır! Hiçbir şeyi
kalmayacak. Onun
yaşındaki oğlanlar
hemen toparlar.

Bay Finch
neler
bulduğumu
anlatayım.

Küçük bir kızın elbisesini
buldum... Şu an arabamda. O
senin elbisen mi, Scout?

Evet, efendim, eğer
pembe ve büzgülüyse
benimkidir.

Çamur renkli ve
garip görünüşlü
kumaş parçaları da
buldum.

O benim
kostümüm,
Bay Tate.

Ve şey...

Ne,
Heck?

Bob Ewell şu aşağıdaki
ağacın dibinde yatıyor,
kaburgalarının altından
bir mutfak bıçağıyla
bıçaklanmış.

Ölmüş, Bay
Finch.

Emin misin?

Pekâlâ ölmüş.

Tahtalı köyü boylamış. Artık çocuklarına zarar veremez.

Onu kastetmemiştim.

Bayan Scout, acaba bize neler olduğunu anlatabilir misin? Hazır hafızanda tazeyken. Yapabilir misin?

Eve dönüyorduk.

Sonra Jem, sus biraz dedi.

Bir şeyler düşünüyor sandım... Ne zaman bir şeyler düşünse susmanı ister... Sonra bana bir şey duyduğunu söyledi.

Herhalde Cecil'dir dedik.

Bizi bu gece bir kere korkutmuştu ve biz de o yüzden yine odur diye düşündük.

Kostümüm hâlâ üstümdeydi ama sonradan ben de duyabildim. Ayak seslerini yani.

Biz yürüdüğümüzde yürüyor, durduğumuzda duruyordu.

Aşağılık herif, çocukları öldürmeye cesaret edecek kadar içmiş.

Aklım almıyor, bir insan nasıl böyle bir şey...

Bay Finch, öyle insanlar vardır ki merhaba bile demeden önce haklamak gerekir.

Bana tehdit savurduğu gün hıncını aldığını düşünmüştüm. Almadıysa bile benim peşime düşer sanmıştım.

Sizinle gündüz vakti yüz yüze gelebileceğini mi düşündünüz?

Devam etsek iyi olacak. Scout, arkandan onun sesini duydun...

Evet, efendim.

Sonra Jem koş diye bağırdı...

Biraz... Bay Ewell onu yere yapıştırdı sanırım. Biraz daha itiş kakış oldu sonra garip bir ses duydum.

Jem bağırdı ve sonra sesi kesildi...

Sonra bir baktım... Sanırım Bay Ewell beni öldüresiye boğuyordu.

Ardından biri Bay Ewell'ı yere devirdi. Sanırım Jem ayağa kalkmış olmalı. Bütün bildiğim bu.

Peki sonra?

Biri sendeleye sendeleye etrafta dolanıyordu, ölecekmiş gibi öksürüp duruyordu...

Ben de Atticus bize yardıma geldi ama yoruldu sandım...

Kimdi o?

İşte orda duruyor ya, Bay Tate, kendi ismini kendi söyleyebilir.

Bay Arthur o, tatlım.

Jean Louise, bu Bay Arthur Radley, sanırım o seni zaten tanıyor.

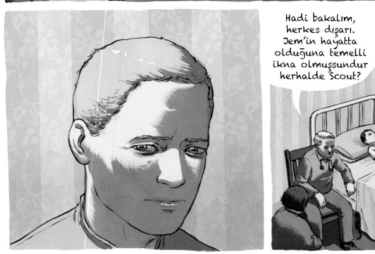

Hadi bakalım, herkes dışarı. Jem'in hayatta olduğuna temelli ikna olmuşsundur herhalde Scout?

Hadi ön verandaya çıkalım. Orada bir sürü sandalye var, hava da yeterince ılık.

Gelin Bay Arthur, evi o kadar iyi bilmiyorsunuz. Ben sizi verandaya götürürüm.

Oturmaz mıydınız, Bay Arthur?

Şey, Heck, şimdi yapılması gereken... Ah Tanrım kafam gidip geliyor...

Jem tam on üçüne basmadı... Yok, on üçüne bastı... Hatırlayamıyorum. Neyse, mahkemeden önce basmış...

Ne diyorsunuz, Bay Finch?

Elbette nefsi müdafaa idi, ama ofise gidip araştırmalıyım...

Bir dakika, Bay Finch. Bob Ewell'ı Jem'in öldürdüğünü mü düşünüyorsunuz?

Scout'un ne dediğini duydun, şüphe edilecek bir durum bile yok. Jem kalkıp Ewell'ı yere devirmiş... karanlıkta büyük olasılıkla Ewell'ın bıçağına denk gelmiş olmalı.

Bay Finch, Jem Bob Ewell'ı kesinlikle bıçaklamadı.

Heck, çok naziksin, yüreğin çok temiz olduğu için böyle diyorsun ama kimse bunu şümen altı etmeyecek. Ben öyle bir yaşam sürmüyorum.

Oğlumun hayata böyle bir olayın lekesi üstündeyken başlamasını istemiyorum. Etrafında kendi hakkında dedikodularla büyümesini istemiyorum. Herhangi birinden "Jem Finch mi... Babası parayı bastırdı da oğlunu beladan kurtardı," dendiğini duysun istemiyorum.

Bay Finch, Bob Ewell bıçağının üstüne düştü. Kendi kendini öldürdü.

Heck, eğer bu konunun üstü kapatılırsa, Jem için onu yetiştirmek istediğim yolu basitçe inkâr etmek anlamına gelir.

Bob Ewell bıçağının üstüne düştü.

Bunu kanıtlayabilirim.

Heck, biraz bile benim gözümden olaya bakamaz mısın?

Jem ve Scout neler yaşandığını biliyorlar. Eğer kasabada başka şeyler olduğunu söylediğimi duyarlarsa... Heck, onları kaybederim.

Ewell, Jem'i yere fırlattı sonra da ağacın altındaki bir köke takılıp tökezledi... Bak, sana gösterebilirim.

Bana bunu yutturamazsın.

Tanrı aşkına, benim Jem'i düşündüğüm falan yok.

Bay Finch böyle davrandığınızda sizinle tartışmaktan nefret ediyorum. Bu gece çok gerildiniz, hem de kimsenin yaşamaması gereken bir gerginlik.

Ama şöyle bir durup adamakıllı düşünüp taşınamıyorsunuz ve tüm bunları bu gece halletmemiz gerek, yarın her şey için çok geç olacak.

Bob Ewell'in karnına saplanmış bir mutfak bıçağı var. Şimdi, Jem'in boyunda bir çocuk... Hem de kırık bir kolla, ha?

Bu sizin kararınız değil, Bay Finch. Benim kararım. Ve bir kez olsun olaya benim açımdan bakamayacaksanız, yapacak bir şeyiniz kalmıyor.

Bir vatandaşın elinden geleni yaparak bir suçu engellemesinin yasalara aykırı olduğunu hiç mi hiç duymadım.

Belki de kasabalılara her şeyi anlatıp olayın üstünün kapanmamasının görevim olduğunu söyleyeceksiniz.

O zaman ne olur farkında mısınız? Maycomb'daki tüm hanımlar, benim eşim de dahil olmak üzere, ellerinde melek kekleriyle falan onun kapısını çalacaktır.

Benim düşünceme göre Bay Finch, size ve bu kasabaya büyük bir yardımda bulunmuş tek kişiyi alıp da tüm dikkatleri üzerine yöneltmek, hele de böyle utangaç biri söz konusuyken... Bence bu bir günah olur.

Başka biri olsaydı farklı şeyler konuşuyor olurduk. Ama bu kişi söz konusuyken, hayır Bay Finch.

Çok önemli biri olmayabilirim, Bay Finch ama hâlâ Maycomb İlçesi'nin şerifiyim ve Bob Ewell bıçağının üstüne düştü.

İyi geceler, efendim.

Scout, Bay Ewell bıçağının üstüne düştü. Acaba bunu anlayabilir misin?

Evet, efendim, anlıyorum.

Bay Tate haklı.

Ne demek istedin?

Şey, bu bir nevi bülbülü öldürmek gibi bir şey, değil mi?

Çocuklarım adına sana teşekkür ederim, Arthur.

Bay Arthur, Jem'e iyi geceler demek istersiniz herhalde, değil mi?

Hâlâ uyuyor. Dr. Reynolds çok güçlü bir yatıştırıcı verdi.

Jean Louise, baban oturma odasında mı?

Evet, efendim, sanırım.

Ona bir şey söyleyip geleceğim.

Onu sevebilirsiniz, Bay Arthur, nasılsa uyuyor.

Uyanık olsa yapamazdınız tabii, hayatta izin vermezdi.

Beni eve götürür müsün?

Onu bir daha hiç görmedim.

Başında mı bekleyeceksin?

Bir saat kadar falan.

Ne okuyorsun?

Jem'in kitabı. Gri Hayalet.

Sesli okusana, lütfen Atticus. Acayip korkutucu bir hikâyedir.

Olmaz, yeterince korkunç şey yaşadın.

Atticus ben korkmadım. Hiçbir şey kitaplardaki gibi acayip korkutucu değildir ayrıca.

Hımm.

Hımm. Gri Hayalet, yazan Seckatary Hawkins. Bölüm Bir...

Uyanık kalmak için kendimi zorladım ama yağmur hafif hafif yağıyordu, oda sıcacıktı, sesi de bir o kadar derinden geliyordu ve dizi rahat mı rahattı.

Beni ayağa kaldırdı ve odama kadar bana eşlik etti.

Söylediğin her kelimeyi duydum.

...gıdım uyumuyordum.

Bir gemiyle ilgili ve Üç-Parmak Fred'le müptelanın oğlu var...

...herkes müptelanın oğlu lokallerini dağıtıp her tarafa mürekkep döktü sanıyor...

O yüzden onu kovalıyorlar ama hiç yakalayamıyorlar çünkü neye benzediğini bilmiyorlar ve Atticus, sonunda onu gördüklerinde anlıyorlar, tüm o şeylerin hiçbirini o yapmamış...

Atticus, o iyi biriymiş..

Çoğu insan öyledir Scout.

Onları nihayet gördüğünde.

KLIK

Işığı kapattı ve Jem'in odasına geçti.

Tüm gece orada olacaktı, Jem
sabah uyandığında da orada
olacaktı.

Kullanılan dile dair:

*Bülbülü Öldürmek*te "zenci" kelimesinin kullanılması bazı tartışmalara neden oldu. Harper Lee, hakkında yazdığı toplumu tasvir edebilmek için bu kelimeyi kasıtlı olarak kullandı, belirli bir zamanda ve yerde yaşananların dolaysız bir portresini sunmak için. Roman sınıf, siyaset, yoksulluk, cinsiyet gibi pek çok sosyal meseleyi ele alıyor, ancak başlıca ilgilendiği konu ırka dair önyargılar. Sözcüğün dahil edilmesi –insanlıktan çıkarıcı bir güce sahip olması, nasıl da kolay kullanıldığı– bu romanın temalarını anlamanın merkezinde yer alıyor.

Çizerin notu:

Bülbülü Öldürmek kitabının bu uyarlaması, Harper Lee'nin hikâyesini ve karakterlerini yeniden keşfetmeyi amaçlamıyor. Metin, mümkün olduğunca doğrudan romandan alınmıştır. Yaptığım değişiklikler ise, Lee'nin orijinal eserinin hikâyesi ve hissi çizgi romanda en iyi şekilde temsil edilsin diye yapıldı.

Teşekkür:

Bu projeyi yürüttüğü ve beni dahil ettiği için Jenny'ye. Gerçek kılabildiği şeyler için Andrew'a. Monroeville'deki sıcaklık ve cömertliklerinden dolayı Tonja ve ailesine; Montgomery'deki sıcaklığı ve cömertliği için Paul'a. İçgörüleri ve teşvikleri için Jason, Anna, Mary ve Jonathan'a. Monroe İlçesi hakkındaki ansiklopedilere girebilecek bilgilerinden ve nezaketlerinden dolayı Adliye'deki Rabun ve Nathan'a. Alabama Arşiv ve Tarih Bölümü personeline. Sabrı ve desteği için Camille'e, aileme ve arkadaşlarıma.

Ve tabii ki Harper Lee'ye, her şey için teşekkürler.

Harper Lee

Harper Lee, 1926'da Alabama, Monroeville'de doğdu. Huntingdon College'a gitti ve Alabama Üniversitesi'nde hukuk okudu. *Bülbülü Öldürmek* ve *Tespih Ağacının Gölgesinde* adlı beğenilen romanların yazarıdır, ayrıca Pulitzer Ödülü, Başkanlık Özgürlük Madalyası ve diğer birçok edebi ödül ile onur ödülüne layık görülmüştür. 19 Şubat 2016'da ölmüştür.

Fred Fordham

Fred Fordham 1985'te doğdu ve Kuzey Londra'da büyüdü. Portre ressamı ve nakkaş olarak çalışırken Sussex Üniversitesi'nde siyaset ve felsefe okudu. O zamandan beri çeşitli yayınlar için hikâyeler yazıyor ve resimliyor, yakın zamanda Philip Pullman'ın ilk çizgi romanını resmetti.

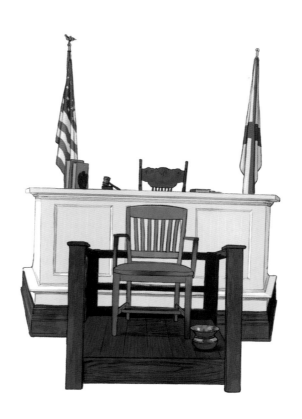